# 雪峰山的夏春

四季交响　舌尖飞舞

山水有约　花草盎然

王行水——著

天津出版传媒集团
百花文艺出版社

**图书在版编目（CIP）数据**

雪峰山的黄昏 / 王行水著. -- 天津 ：百花文艺出版社，2025. 6. -- ISBN 978-7-5306-9171-7
I. I227
中国国家版本馆CIP数据核字第2025JK1803号

**雪峰山的黄昏**
XUEFENGSHAN DE HUANGHUN
王行水　著

---

**出 版 人：**薛印胜
**责任编辑：**王　欣　　**装帧设计：**云上雅集
**出版发行：**百花文艺出版社
**地址：**天津市和平区西康路35号　**邮编：**300051
**电话传真：**+86-22-23332651（发行部）
+86-22-23332656（总编室）
+86-22-23332478（邮购部）
**网址：**http ：//www.baihuawenyi.com
**印刷：**长沙市精宏印务有限公司
**开本：**710毫米×1000毫米　1/16
**字数：**200千字
**印张：**16
**版次：**2025年6月第1版
**印次：**2025年6月第1次印刷
**定价：**79.00元

---

如有印装质量问题，请与长沙市精宏印务有限公司联系调换
地址：长沙市开福区德雅路1246号
电话：（0731）85817162
邮编：410023

# 一个人的“三三”诗团

（代自序）

◎ 王行水

三千汉字摩拳擦掌
个个奋勇争抢着出征
三千粉丝欢呼雀跃
为诗人冲刺三千首诗
全程伴跑鼓劲加油
一个人的“三三”诗团
让赋闲时光流光溢彩
三千汉字被反复挑选
临阵组建敢死队尖刀班
挑战语言探险的极限
太多用腻了的汉字
当了诗团里兵油子
不管你指东画西
他总是一门心思还乡
梦回故园梦回大山
三千粉丝来自五湖四海

只为长短句痴迷扎堆
点赞评论转发不停
更在生活中累成陀螺
三千首诗是个既定目标
一天天接近却总有距离
距离产生美产生原动力
一日一诗地步步为营
方向对头就有盼头
一个人挥洒“三三”诗团
“三三”诗团旗幡漫舞

2025 年 4 月

# 目录 CONTENTS

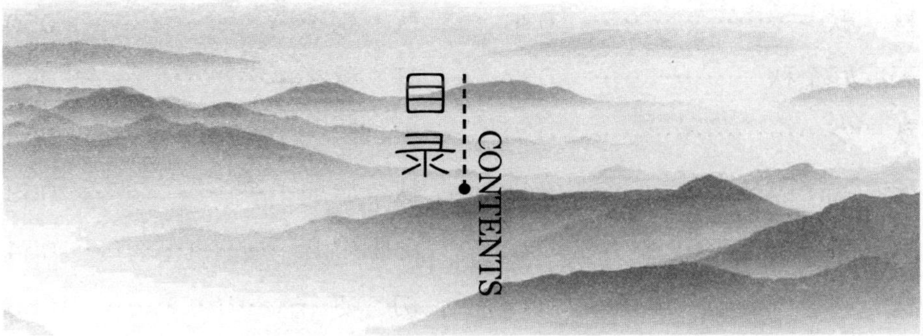

## 辑一　四季交响

## 辑二　舌尖飞舞

## 辑三　山水有约

## 辑四　花草盎然

## 附　评论

# 辑一 四季交响

## 雪峰山的黄昏

# 春　语

连续三场大雪开道
春天好像真的来了
雪峰山缄默不语
像守着一个巨大的秘密
但我知自己的脚底已经离地
在选择模仿牛蹄与虎蹄间犹疑不定
我已被雪峰山揽进
枫香瑶寨温暖的怀抱里
一些绘画大师们凌空高蹈
挥舞着炮管似的神笔
神气活现，画鸡鸭鹅，画松竹梅
现在集体改行画老虎
笔法很工，形象很逼真
连一根虎毛也不放过
我抱着诗和远方一生未醒
我在梦幻的王国里游荡了半生
绕来绕去，始终绕不开湘西的一江六水
深埋在雪峰山上的根
扯着衣袖不让远走
我只能时常抱着一只牛腿琴行歌坐夜

在月华如水的夜晚边弹边唱
我只扎根民间，歌唱土地和汗水
我想恢复一种飘然远去的职业
想亲手写一封感谢信
感谢春天从不失约
我夏练三伏冬练三九
九九归一却是一头霜雪
我明白所有的感谢信都是单飞
不要盼着别人回应
既然春天已经越走越近
何不寻个机会，当面请教耳语

# 发现春天

总有一条小径
必然地通往春天
当我惊喜地发现
春天已春得很深
萝卜和油菜花
银白与金黄的旗幡
已举得手和脖子发酸
豌豆与蚕豆四目相对
一双绯红
一双紫黑
是不是春天的坚守
也存在着鏖战的上甘岭
大片大片的草地冲着我
山呼海啸地飙过来
一下子把我淹得呛水
应是春耕大忙时节
车轴草的叶片上
仿佛都架起一张犁
一瓣沸水里明前茶的香
正在抖音上徐徐散开

舌头和喉结已被泡软
红袖添香的美人又上了罗子山
禁足的行吟诗人打坐在一座封城
垂钓的白发老人最有耐心
垂钓着闲适垂钓着春色
山塘开着口却从不说话
看来今天情况特殊
微风拂动涟漪
它好像刚说了千言万语
不代表自己也不代表人类
只全权代表鱼

# 编织春天

坚持到小雪的野菊花仍在盛开
一门心思地要走出宿命
宿命中它只能与秋冬为伍
正所谓夏虫不可以语冰
野菊花下决心赌上一把
玩命儿似的要创造出自己的春天
一年四季遵守着天条严丝合缝
并不等于时光不会留下任何罅隙
野菊花要凭借满山攀爬的枝枝蔓蔓
在北风与雨雪合围的喘息声中编织出一方手帕似的灿烂春天
野菊花的壮举震惊了四周的生灵
黄檀、鹿藿、牡荆和冻绿树纷纷跟进一跃而起
一向匍匐在地的沿阶草、鳞毛蕨也悄然拱起背脊
金缨子抖起身上的尖刺表达誓死的决心
冬天果然被捅了一个大窟窿
一方小小的锦绣山河春景图宣告了胜利

# 春的奖赏

春天的领奖台
热烈而巨大
走进春天的人们
不分男女不分老幼
不分肤色不分种族
都是那么喜形于色
心里的笑溢出脸面
震落樱花成冢桃花成汛
只有大片大片的石楠
怒放的新叶酿出一江干红
铁树摊开手掌大胆示爱
想与之拥抱又怕被刺痛
初长成的香樟谋划着涂脂抹粉
懵懂的小石榴已做起了多子多福的梦
垂柳从杨柳科独立出柳属
让池畔与池塘划清了界限
所有的春本质上是一只幼虫
从冬的甲壳里探头探脑地爬出
紫叶李与东北风一齐叉开了剪刀
既是剪彩又是喝彩
你我的风雨前行已无退路

# 立　春

在梦中
我把纷飞的文字
排成章节排成诗篇
排成空中的人字
排成欢叫的雁群
飞向太阳飞向春天
飞向你我曾经许下的宏愿
梦像风一样容易走失
又像雨一样失而复得
一个个孤寂的夜晚
我睡了又醒醒了又睡
反复地练习拾掇
就像在山中采蘑菇
就像在海边拾贝壳
二十四节气终于从头再来
立春走在最前面
她身挎驳壳枪
威风得像连长
虽然眼下还是冰天雪地
抗冰的战斗尚未结束

毕竟冬寒已是强弩之末
春天不可阻挡地
行进在凯歌高奏的归途
古人们似乎都活得很老
捋着白胡子看相算命把脉
早已给出了戏园子花旦
头牌立春的三大物候
在我看来频频点头条条对路
并不是再来一场小雨或雨夹雪
甚至一场大雪封山
就能够封杀春天的胜利宣言
就能够屏蔽花朵的次第绽放
东风送暖大地开始解冻
蛇与蛙从冬眠中醒来打个哈欠
鱼虾再度懒洋洋浮出水面
问苍茫大地的另一面
桃红李白家花野花
又相约着含苞待放抢夺地盘
春天真的来了
从天边飞至眼前
一如我盛大的欢喜
一如你美丽的出现

# 春　雪

立春之后
春没立住
雪下得没完没了
下得春天站立不稳
借助这一场又一场大雪
我一瓣一瓣地脱下自己
让肉身换一种活法
活成飘洒的文字
活成空灵的诗歌
我一日两个李白三个苏东坡
还有五个杜甫在苦吟
涉江和橘颂已不能渡我
我在天问里寻找三闾大夫
大雪纷飞的时节你在哪里
一双袜子竟错成了非洲版
长得像马靴奔向林海雪原
此刻的冲动不怕惩罚
罚我去北京冬奥滑雪
这轻歌曼舞的旋律太过熟悉
前尘往事纷纷蹦跳着穿越而来

大雪纷飞时节
我只想你
不想风不想雨不想阳光
阳光会让我怀揣的心事打个水漂
我只问今天不问将来
将来自有将来的风光与美
我珍惜这一场风花雪月
来得大大咧咧爽爽快快
去了会一去不再
你的后悔只能在一池春水里抹眼泪
谁轻落我心头
一朵一朵地弹奏古筝
砸响得年代的编钟回味悠长
这白茫茫一片足够让万物婆娑
为何在我的世界里大漠孤烟
我派出十万雪花天兵天将
只为找你
找你重回人间
温暖我的心房

# 初 春

熟悉的雪峰山转过身去
向阳的山坡渐渐远离
在夕阳斜晖映亮的一瞬
雪峰山少见地露出了它的背影
在雪峰山宽阔的背影里
放牧的少年得以清晰地重现
含情的岁月冬去又春来
看不清少年放牧的是牛还是羊
看清了少年挥舞的牧鞭下春光四射快乐乱飞
走在单行道上的人生步履蹒跚却越走越快
知天命之后更是满弓射月快马追风
观日出原以为此生可以走过千山万水
问夕阳才知道一辈子没有走出一座雪峰山
雪峰山深知一切也深藏一切
在春天会不会一芽一叶地吐露出来
翩翩少年又在初春的雪峰山上放牧
看不清少年放牧的是牛还是羊
但少年和牛或羊都留下了长长的影子
横亘在天边横亘在悄然泛绿的雪峰山上

# 春　色

城市的高楼矮了下去
被呼啸而来的春色淹没
春虫养肥的鸟雀紧急疏散
慌忙中几乎扇不动翅膀
铁树铁了心发起新的冲刺
石楠绯红着脸跟着起哄
植物们的意见达成惊人的一致
相约要赶在雨水到来之前
逼迫雪峰山也要往苏宝顶挪挪脚步
银杏与紫薇都挂满了新叶
锣鼓山响中生意喜庆开张
这一场演出凑了谁的热闹
大雪压垮过的杨梅树又挺直了腰杆
我何时变身成了一条狮子鱼
在深深海沟里贴面游弋
八角金盘端出几层翡翠菜碟
以眼神示意我几时开餐
我预测今日会有三两滴雨
为春季最后一个节气迎候扫地
新撑起的芭蕉树下已摆好酒杯
只等与你销魂一醉

# 春天在欢呼

石楠举出的新叶
红得似火
红继木不甘落后
红的不仅是花
叶也涂抹成猪肝色
栾树上残留的灯笼
还试图照亮内心的余热
鸡爪槭的爪子初长成
再往上跳一跳
或许已能抓住些什么
春天在野外欢呼良久
是时候该我出场了
小游园空着一张靠背椅
正好适合坐在百花丛中
看云卷云舒
看月升日落
曾被十万个为什么
纠结了大半生
现在我只想向夕阳问声好
不让眼前的美与乐

有一丝一滴的滑落
你看古松又一节一节挺直了腰杆
你看小草又一寸一寸铺绿了大地
雪峰山的白发成功转青
溇水河的流淌跳上了五线谱
我紧握幸福的手不敢松开
怕一下飞出一万只信鸽
惊扰了你遥远的春梦

# 春的冲浪

连续三天
天气晴好
气温从十三四度
向着二十八九度
连续冲浪
中午的阳光有了燥感
春天广阔无边
无论你怎么走
东走西走
竖走横走
都明显地靠近了初夏
花在加速凋落
叶在昼夜青绿
你砸出去的影子老硬
不像年少的身姿摇曳
季节开始了换装
一切又出现变数
不变的是牛啃春
总被一张犁盯着
岁月的河算准了汛期

几泼雨的伏击隐忍不住
沧桑的脸一分一秒地雕刻时光
时光的馈赠
是让你额头上的沟壑
热汗涔涔

# 倒春寒存疑

正如今日头条所发布
立春后第一波倒春寒
如期而至，不偏不倚
小雨中雨雨夹雪或小雪
打道回府重返雪峰山
扛一把长柄带钩雨伞
出门闲走如巡游
顺便看看天象
以防人间不测
突然心头冒出疑问
电话咨询气象专家
二月中旬的持续降温
算得上算不上倒春寒
专家一口咬定
三四月份的才算
并声明新闻的文字起草
不是他们干的
赶紧查网上资料
对倒春寒的解释
最早也只提前到二月末

二月末至少应该到下旬吧
这个二月十七日开始
将持续一周的低温雨雪
算入倒春寒还真有点勉强
带着点人为的照顾成分
争议是否出在春天的框定上
翻阅气象中的二十四节气
还果真如此
天文学上立春表示春天的开始
气象学不干
坚持立春后连续五天
平均气温稳定在十度
春天才真正起步
据此作出判断
可能要到春分前后吧
是听天文的
还是听气象的
还真让人为难
思忖到眼下的现实
是春也春了寒也寒了
倒不倒又与我何干
恍惚间望了下撑开的长柄带钩雨伞
它倒好
亮出了无数个大大的问号

# 春　雨

远方被风吹得更远
渐渐淡出我们的视线
雨的帘子自天垂下
某个神秘的女人
又梦想垂帘听政
如蘑菇一样的伞群在飘动着
要寻找一块温暖而湿润的土地扎根
城市的建筑找不到那么一柄巨大的伞
只好在雨中硬挺着
像童话里的怪物
一万支箭射过去
全都软化成泪
一棵小草
要跟着树上的鸟儿离家出走
叶儿在欢快地招手
都被根扯住
池塘张着口不肯说话
怕一说话
就把几只夜里聒噪的青蛙
给说了出去

# 夏　至

白日梦遇上夏至
夕阳不肯下山
独自在山坡发呆
夏至的白昼太长
把我一生的幽思照亮
燕子来了又去
穿越于燕子洞
用其剪刀般的黑翅
扇得我脑门大开
我所见过的燕子
老窝在姚氏古作坊
古作坊美得人想入非非
只只燕子留下呢喃
呢喃是动物的世界语
传递俗常的爱和两情相悦
在这个凿通
辰溆壁垒的燕子洞里
有我太多太多的
悠长的记忆与怀恋
以岩石之名砌出汗青

站成一角历史
照亮远方灯火
夏天真的来了
三伏埋伏在前面
我对你的惆怅已燃至沸点
天人之间的耳语
通过暴雨山洪
早就喋喋不休
唯独我始终未曾正式发言
我祈祷在可能抵达的将来
执子之手走过人间
雪峰山铺开晴空万里
金秋翻晒着五谷丰登

# 凉　夏

虎年的夏天通了人性
风常北偏
流连在春夏之间
滂沱大雨下过几回
知趣地做了收敛
乌云起了又悄悄散了
掉下的是几滴眼泪
气温表现最佳
二十几度成常态
雪峰山面对夏天
准备好的赤膊上阵
在一些朝朝暮暮
又重新捡回长袖
夏天如此隐忍
仿佛与炎热脱离了干系
天空好像是月亮当了家
竟让我心生疑窦
夏天啊夏天
不要太可爱太为难自己
该酷热你就酷热一下吧

该狂暴你就狂暴一下吧
人类五千年上下求索
对你的一切早已照单全收
瓜果菜蔬在拔节生长
五谷杂粮在盼着黄熟
两个太阳成其炎
炎字只有你能写
如若日行万步
日日都是微微汗
诗溪江老中医也会嘟哝
故事不应该发生在夏天
四季花开不败
各带各的流量各的美艳
没有夏的挥汗如雨
哪来秋的稻浪翻滚
我吁请夏天停止阴柔
别再憋出戏腔假嗓唱古风
用雷电清清自己的粗嗓门
咳也咳出几分男儿英雄气
牵出一些阳光和暴风雨
都来得更猛烈些吧

# 夏　雾

一场雨连下数日
稍歇口气
雾就匆匆而来
来得铺天盖地
雾来得真不容易
预报明后天又是雨连雨
梅雨季节尚未入梅
这个初夏已泡得发毛生霉
你的心里在想什么
我一拿捏一个准
在你生闷气的时候
大雾瞅准雨的罅隙
用她的万丈柔情
把昨日的雨与明日的雨
暂时地挑拨开
让你潮湿的心
短暂一次柳暗花明
若是今日还残存几滴雨
应该是你我之外的离人泪
雾在雨水的夹缝中左冲右突

活得真不容易
看样子还大打出手
表现十分英勇壮烈
天下几乎归于一统
大雾抱有必胜信念
雾是红颜也是战士
不愧为雪峰山上娘子军
说什么浓雾遮住望人眼
典型的现代林黛玉
从《红楼梦》里的葬花吟
依旧拔不出身
再大的雾
说到底都是为你作嫁衣打掩护
朦胧着你的山水你的美
抛洒个咫尺天涯
再造近距离的两情相悦
能见度二百米五十米
是雾之爱心的标配温度
只要你靠近
一切还你个历历在目、清清晰晰
花朵还你姹紫嫣红
小草还你只此青绿
流水还你潺潺不息
你脚下的路不少一分一厘
你耳旁的鸟啼在滴落成诗

# 夏　雨

城市鳞次栉比地
抖擞起精神
长臂大吊机和云朵
穿上了彩衣
夏至日一场黄昏雨
收尾收得好爽
农谚里的雪峰山三伏
应该不会酷到毙
太多的不测风云
诡异地声东击西
让我的三十六计
只剩下一条赤条条的走为上
气象学作为一门科学
在惊慌失措的应对中
也松动了好几粒螺丝
现实逼我出门看天
用肉眼声援雷达
向天空投掷去一万个媚眼
个个没有回眸没有回波
不过我心中有数

今天是个好天气
夏至捅开的六月二十二日
你尽可以走出家门
翻晒一下从端午水到梅雨水
淋得不悦的心情
缓解缓解你路过夜郎的心慌
趁着这么一个日子
蓝天一股劲地蓝
以致蓝得略微黑
白云一股劲地白
以致白里透绯红
天苍苍野茫茫全部集结完毕
等候你下令
按计划执行

# 小　满

小飞蓬飞翔的愿望
杂技似的托起花的杯盏
打碗花摆开的八仙桌
仅仅圈地一小块
美丽月见草花开得半红半白
羞涩在风中小鸟依人
红叶石楠考虑到春夏交接
布局了一半青绿一半火炬
把每个日子过成诗
对二十四节气都极尽赞美
彰显了龙的传人的自信和智慧
五千年儒释道皆为我所用
执念着中庸与上善若水无坚不摧
今日小满的设置更集智慧之大成
月满则亏水满则溢满招损谦受益
物至于此小得盈满正是人生好时节
难怪斑鸠咕咕的拉歌声数月不停
幸福就在于拥抱小满而神往圆满

# 冷　夏

我越往北走
风也越偏北
虽说还是东北风
可能北已控股
只是碍于夏的情面
尚未把东踢出局
凑合着过吧
细雨戴着近视眼镜
飘进零距离
想在我全身上下
瞅出鸡皮疙瘩
南方和北方的某些地方
正在下着五月雪
是否布局了大手笔
锁定某种合围
早起的虫儿被鸟吃
早起的鸟儿冻得叫
塘里的蛤蟆基本噤声
都是一些老蛤蟆
知道声音耗能

要节约热量和面包
几只蝈蝈在寻找妈妈
喊声尖细而急迫
它们的妈妈觅食去了
也可能去了娘家寻衣御寒
谁想到立夏通往小满之路
这么经不起风吹雨淋
今日的气温
差点跌破两位数
连夹克都喊冷
想请棉袄重新出山
雪峰山倒是高高在上
微笑不语中大含深意
我加快速度改走为跑
恢复走的古汉语意义
走出一点点热与微汗
逃出一场冷的突袭

# 秋　思

秋天是一个高地
一头阻止夏之炎
一头阻止冬之寒
在这不冷不热之间
我猫腰穿过巍巍雪峰
去发动一场
心灵的偷袭
有太多的岁月
人们平淡地走过
感觉不到季节的变换
一恍惚日到中秋月未圆
才知道时光飞逝
留有太多空白
世人谁不憧憬未来
却忘了今天也曾是昨日的未来
真正要了却人生夙愿
只有把握现在
让今天变得更美一些

# 秋　欢

月光如瀑泻落在荷叶上
日渐枯槁的荷叶一片泪光
花开花落又是一个春秋
一生走不出这一方池塘
鸟儿在空中拍打着自由
鱼儿在水中摇曳着快乐
倒映的人影与残荷共舞
一曲霓裳羽衣在心中荡漾
月亮圆了中秋又圆重阳
嫦娥在诗词歌赋中经年流浪
听闻秋老虎将杀回马枪
趁着夜色我抓一把月光
借一缕晚风送入你的梦中
与你分享这份宁静这份清凉
走向重阳最适合登高赏菊
天尽头仍有地平线无限延伸
夕阳滚下山坡被丛林接生
一夜间又以初升旭日闪亮登场
草木开始黄瘦百花纷纷凋零
而菊花热烈盛开出十万个月亮

十万个月亮映亮了叠翠兰亭
叠翠兰亭的檐角打探到特大喜讯
约定好十一黄金周欢度国庆
八万盆菊花擂台媲美邀君共赏

# 秋　梦

面对冬的即将来临
秋天的梦迅速成熟
只有成熟的梦
才能经受冬的检阅
难怪乎左思右想
秋梦都逼向现实
人生有许多的梦
零落在生活的幽处
无数的梦都带着感伤
太嫩的幻想
总在风雨中碎化
冲洗眼泪的只有汗水
秋梦悟透了尘世的真谛
它是快天亮时的梦
每一步
都靠近黎明的岸

# 秋　歌

天上明月撩人
地上有人日行万步
黎明时分最好把握
东迎日头西窥嫦娥
田野的青绿涌向金黄
稻浪在微风中抓紧彩排
蝉噪明显催急了鸟鸣
瓜果开始托梦给种子
松杉芭茅依旧坚挺
与大山的相处已然从容
劳作者的身躯不断弯曲
反复弯成弓
搭上一支命中的箭
射中了谁家的爱与哀愁

# 天凉好个秋

望穿秋水是什么水
半夜醒来
连梦也躲着不见
想你的泪被风干
嘤嘤嗡嗡而不为人知
窗帘鼓起肚皮
有些消化不良
季节正筹办中秋宴
蛤蟆老鼠
各忙各的
我臆想着回到蔡桓侯
扁鹊已飞走
寡人有疾
没人理会
你近在眼前又远在天边
咫尺天涯却无法登攀
真真切切的秋凉了
五谷杂粮在盼着丰收
可五十天无有效降雨
远望去仍是晴空万里

望穿秋水中又入深秋
一颗心被秋风凉透
寂寞时满堂莲荷亦寂寞
团团田田不理我
转转悠悠叹口气
路灯清凉依旧
世故中保持某种高度

# 秋　安

骄阳张开着血盆大口
大口大口地啃食秋天
啃出三十九摄氏度高温
啃出三十九天干旱
天空卸下面具不再装了
半天挤不出半滴眼泪
只剩下早晨相对友好
脸色多少露点小清新
来路不明的一丝微风
传出天气待变的小道消息
一拨养生人群在公园慢跑
跑赢了马路突围的蚂蚁团队
云朵散成羽毛布局谋篇
彩排巨型歌舞凤凰朝阳
美丽的火凤凰飞去远方
独留下谁人在人间惆怅
昨夜的梦中敲碎了夕阳
蹦出半个月亮依稀你的模样
一生在雪峰山转悠不停
鸟兽虫鱼也能背诵我的沧桑

风雨花草不断在岁月里走失
前尘往事回眸一笑腾起细浪
秋天翻开的页码半是成熟半是萧瑟
单边放行通向冬日的雪花飘飘
弱弱地向你问候一声秋安
山重水复拉长了思念的美好

# 秋　变

秋天秋出了女大十八变
朝霞诠释着五彩斑斓
太阳亦欢喜得妙不可言
红白参半的脸涨满羞涩
在太阳与月亮凝视之间
一朵祥云独自去红尘悠闲
背负着巨大蓝天苍茫山水
掌心写满了爱的誓言
芭茅和飞蓬面对草木一秋
老熟与青葱永远是一对矛盾
天空与大地定格于相互遥望
斑鸠的烟嗓子从春拉扯到秋
依然没唱尽他急切的小小愿望
鸟雀与秋虫的呢喃似乎很满足
幸福在小日子里忘了天上人间
大山以沉默稳坐钓鱼台
风云和季节变换纷纷上钩

# 秋　晨

不用洗脸不用化妆
秋晨就清亮登场
有些凉意有些爽
最好伴几声鸟啼
人与秋晨的早会
带了点春天的玫瑰味
走一走跑一跑都很惬意
秋天是一个从容的季节
用不着跟别人比快慢
每个早晨都有一个新的开始
每个人都可以做自我世界的第一
流汗的夏已经走了
刮风的冬肯定会来
但现在还是秋的地盘
且让我坐一回庄
赌早晚的温差
会否让衣薄的我
感冒一次

# 秋　雾

雾是风中未晾干的水
越在远处越看得清
请借我一副老花镜
我要找到雾中那双
望穿秋水的眼睛
走过的路山环水绕
经过的事冷暖自知
来时有雨去时有雾
奋行中更与心底的日出共舞
道一声再见
与旅途的山水作别
回眸的泪花里
有雾一样
不肯散去的祝福

# 秋　阳

也许是夏天失血太多
秋阳的脸色有些苍白
可越是苍白越是高高在上
秋阳高傲得
像要挣脱这片天空
只是在有些阴凉的风雨过后
秋阳重新想起了自己的责任
冷不防热血喷涌得“老虎”几回
直逼得你的每粒汗珠都竖立起来
老人和小孩都容易较真
英雄历来是老骥壮心
秋阳是自然世界的三国黄忠
激将一下
炽亮的宝刀就会向你砍来

# 秋　月

秋月是一块光盘
是一座思念和祝福的图书馆
人海里漂泊的心事
会被秋月照出
千万年的磨砺
使秋月越来越亮
千万人的仰望
使秋月越来越美
阴晴圆缺算不了什么
只要中秋皎洁一回
足可让世人吟唱一生
承载了太多的故事
必然也承载太多的清凉和忧伤
所谓幸福美满
历来只是一种憧憬与渴望
我对你行个注目礼
祝你一路走好

# 秋　黄

黄是秋天的旗帜
坦坦荡落地亮出来
在收割了田野的黄之后
路边的树
又站成一溜黄
一切成熟的东西
少不了有点黄
黄是大地的颤色
是人和自然
共同的血缘
这个世界五彩斑斓
唯有黄最为惹眼
秋天是黄的盛宴
请允许我这片黄叶
在回馈土地的飘舞之中
大醉一场

# 秋　雁

那一声声的雁鸣
那大写在空中的人字
真的一去不复返了吗
秋雁南飞
只在歌曲和儿时的记忆里风干
布谷鸟又开始催春了
知了似乎未曾放弃夏日的聒噪
是不是秋天的雁群飞得太高太远
在时空的熔铸下已化为悠悠白云
每个民族都有自己的图腾
每个季节都有自己的文化符号
秋天因雁阵的隐遁
多了多少阴沉
少了多少神韵

# 秋　风

秋风扫落叶不是秋的全部特征
天高云淡才是秋的日常表达
把秋说得那么冷酷我不同意
我是秋风的目击证人
大多时候的秋风柔软如水
拂过脸只感到爽爽的凉意
甚至为了照顾太阳的情绪
秋风还经常隐姓埋名
春有落花秋有落叶纯属自然
秋风为落叶的送行也是一道风景
四季的风同样顺时针旋转
东风属于春，南风属于夏
北风属于冬，西风属于秋
也就雷打不动
季节无法选择，风也无法选择
秋风是在为冬的莅临开路呵

# 秋 草

长夏趁热打铁疯狂扩张
大地熬过三伏熬不过酷暑
苍穹背负着骄阳背弯了腰
再也看不下去的月亮
留给人间的遥望只剩一弯眉毛
秋风秋雨被谁深深地锁入深秋
秋草的歌唱与渴望提前喑哑
走着走着人就老了
站着站着草就黄了
坚持着走坚持着站
眼眸中一定还有祈求和等待
此生无论绽放出何种颜色
皆构成了这个世界的五彩斑斓
朝阳下的影子还在成长
敲打着地下的根初心莫忘
远山如黛作背景为秋草背书
草木一秋亦会吼出生命的绝响

# 秋　雨

在冬雨降临之前
秋雨一路小跑
提前抵达
漫山遍野
都罩上一层雾
她的柔情
足以迷茫我的眼睛
秋天是一个长长的故事
秋雨只是它的花絮
都说空气和风是最洒脱的
可一遇上秋雨
染上湿润的心事
有些走不动
走在秋雨里
戴着的斗笠和伞
好像随时都会飞
秋雨太轻盈
罩不住大地
和我的内心
升腾起来的热浪

# 赶　秋

小蓬草高扬起马鞭
鞭鞭捋见血痕
进入末伏时节
秋天在放蹄狂奔
连后方的菜畦
也往荒芜方向老去
秋葵紫苏日渐憔悴
丝瓜软了瓤，蕹菜亏了心
豇豆落寞在藤架上掉叶
只有一些新开的小黄花
敝帚自珍不轻言放弃
紫薇在野草遮蔽中突围
千日红的光焰越过红尘
若不是为了种子的再见天日
几乎可以确信她能纵横古今
远山如黛苍穹如海
青松又一次抱团集结
恍若一梦地蹚过四季

# 秋　闲

七座房车排成北斗七星
几顶帐篷见缝插针挤了进来
爽爽的凉风不长记忆
忘了城市还在太阳火烤
有轻悠悠的歌声悄然入耳
把我吹送得悠哉游哉
当百鸟次第噤声之后
我便游走在遐想的银河
心底对你的遥望燃起了光
诗情曼妙得灯火阑珊
东家的女儿西家的娃
甜甜的欢笑溢出了梦里梦外
半个月亮爬上苍穹半隐半现
宛若忐忑在路上的一场网恋见面
所有美好的故事都适合虚构
快乐在于交出小我放马平川
只为半个月亮的登堂入室
十万颗星辰把光芒收敛
历尽沧海横流风花雪月
雪峰山沉默以对就扛过千年
坚持着数星星数到天亮
苏宝顶保准奖掖你一个辉煌的太阳

# 秋　旅

到秋天旅游去
钻入秋天的纵深
秋天是年成的确认键
一按
收获就金黄地流淌出来
旅行是一种抽检
让欢乐的风
从脸上吹到心上
夜的列车
像在鱼腹里穿行
秋天是一条巨鲸
它的跳跃
翻动着海洋的书页
生活是茫茫无边的海
秋旅至少能在海边
捡些贝壳

# 冬阳之恋

无论是暖冬还是寒冬
人们都不约而同地变身夸父
着了魔似的追逐太阳
风有些冷，雨有些凉
风风雨雨阻挡不了铿锵的脚步
最好飘一场六角形雪花
还大地一个六根清净
只要重拾到六根清净
一定会迎来壮丽的日出
阴阴阳阳的日子也请相信
太阳已深入到炊烟和炉火
所有的光与热都是太阳的使者
随时守护着人间的爱和温暖
天还会亮太阳就不可能消失
热望的眼神都自带灯火
聚在阳光下晒晒心事
家长里短也能聊出和煦春风
闲暇时分的阳光下信步行走
尘世的纷扰纷纷从内心出逃

# 初　冬

树木花草们聚在一起
悄悄地议论当前工作
一致意见要抓好头等大事
头等大事是如何准备过冬
不管是寒冬还是暖冬
蹚过了冬天的河
才会见到春天的岸
勇敢的是雪峰山大花红山茶
举出满树的火把奔向冬天
好斗的苏铁进入一级战备
张开针刺丛生的手臂拥抱冬天
深山含笑和乐昌含笑始终保持
心底的微笑
竹柏和女贞树叶流露出对根的情意更加翠绿
银杏统领的大大小小落叶树种
预先在深秋时节脱光了身子
发誓要披上雪花编织的战袍
蕨类和麦冬草紧咬住大地不放
罡风和龙卷风也不能让它们动摇丝毫
鸟雀们屏声静气

一改往日的叽叽喳喳
偶尔地尖叫一声
好像是警示同伴注意隐蔽
不过动植物们尽管暗中通人性
毕竟尚未进化到灵长类的高度
这个周末正碰上风和日丽
一群快乐的飞鸟飞速而至
搂抱起高大的香樟疯狂摇滚

# 冬日的荷塘

残荷在大笑之后枯干
它们已完成了一个生命周期
能开的花开过了
能结的籽结过了
七孔或九孔的藕
也被岁月的风吹进生活深处
不知锦鲤们是怎么过的
就是想躲过冬日的寒
又如何躲过池中的水
网上说鱼类越冬的三个办法
迁徙、休眠和改造自己
三十六计走为上自然简单
池里的鱼看来没办法采纳
鱼类不是真正意义上的冬眠动物
能否在泥水中休眠
是不是还要看它的自我麻醉能力
看锦鲤们依然活得无忧无虑
看样子已经适应了四季更替
春花秋月，夏雨冬雪
都在呈现这世界的美丽多姿

人与万物在相互激励中不断进化
锦鲤们的自由自在快乐嬉戏
像是在冬日的水面绽放出璀璨烟花

# 冬月十七凌晨的月亮

月亮上的嫦娥探出了头
她伸来的无影指
如白玉般的瀑布
柔柔地在我发丝间弹奏
雪峰山和岩门公园一片沉寂
应该是尚未反应过来
而我已觉得收获颇多
松杉亮出的集束式针灸
明明暗暗中带着一丝寒凉
好像是扎准了每一个毛孔
全身上下都喷出一阵阵爽
夹道欢迎临风玉立的落叶栾树
影影绰绰地举出了全部的所有
对我牵手月亮的出场倾囊赞助
一只纯白的博美犬突然蹿出
打量我的眼神有些狐媚
跟上来的主人还跟我客气几句
记得昨晚月亮上路时还是一轮金黄
一夜跋涉之后竟然如此冰清玉洁
滚滚红尘原来最适合洗尽俗世铅华
月亮上的山水在我心空明亮如画

# 小　寒

二十四节气构成完整的一年
其实节气还可以再分
一半是节，一半是气
分配得颇为均匀
同时暗示了无限可分的哲学意义
有人活在节里乐着
有人活在气里恼着
人生海海人生忽然
你是否已经活出了命的边界
在一个陌生的世界折腾和茫然
但万年的雪峰山依然清醒
告诉我今天是小寒
无雪而有小到中雨
这场雨来自天外
极可能是天公派遣的一场雪
在半途，遭遇某个朝代的战火
融化成雨，融化成泪
携来了古老的咸和寒
吃什么不吃什么
做什么不做什么
我知道羊肉炖山药真的大补
矛盾的是腰带

# 大　寒

一大早我就与床吻别
等候着大寒的莅临
像儿时捕蝉那样
放轻脚步睁圆了眼
生怕把一个节气惊跑
朋友突然在朋友圈喊声早呀
吓我一跳
几乎认定他是故意坏我大事
出门时碰上蜡梅等在路边
全身打扮得红红火火风姿绰约
好像大寒两个字全然与她无关
她要跟我回溆浦老家过年
并强调这强烈的冲动
让她兴奋得一夜未眠
她还有未出口的话我已猜出
她忘怀不了的前生是湘夫人
身份荣耀且非常确定
穿岩山山鬼是她姐姐可以作证
为追随枫香瑶寨穿山越岭的诗溪江
也表示愿意当场指认
跟我回老家过年是个美丽的借口

她一句顺便看看
我就立马明白
两千年弹指过去
云烟散尽，水落石出
她心里还是放不下三闾大夫
我知道她一天到晚地诵经打坐
其实心里在默念涉江和橘颂
隔世的情缘扯不清又放不下
在最冷的季节里
也可以把痴迷者
安慰得喜气洋洋灿灿烂烂
二十四节气都在显示对人类的大爱
大寒还会亲自为人类献上春天
大自然沐风栉雨傲霜斗雪多么不易
何必还挑三拣四鸡肠小肚嘀嘀咕咕
若是你真的已经内心释然
请来大汉龙城嘢嗦米线店
从一碗野性十足热气腾腾的云南羊肚菌开始
享受人生，享受养生
那儿煮熟了的雪峰乌骨鸡
想你想得差点飞走

雪峰山的黄昏

# 辑二 舌尖飞舞

# 溆浦粉蒸肉

一向素颜出镜的五花肉
每逢喜事或重要节日
都要来一番浓妆艳抹
从五花肉变成了粉蒸肉
或许粉墨人生谁也绕不过去
走向社会必须要讲究颜面得体
市场也需要消费流通与良性循环
维持社会经济的一池活水
你看油盐酱醋都在起劲地摇旗呐喊
它们都要为自己作用的发挥找到出路
大伙的参与也让五花肉的选择开弓没有回头箭
五花肉咬咬牙来了个浓妆艳抹流汤滴油
一路走来引得围观的人群欢呼雀跃

# 回锅肉

说什么好汉不走回头路
又补上一句浪子回头金不换
这个头究竟是回得回不得
一块五花肉决定亲身一试
在路上五花肉遇上了辣妹子
一定要追随他去赴汤蹈火
喜不自禁的五花肉偏装作冷静理智
独自在沸水里热了下身再下锅里
辣妹子也纵身跳下
对着五花肉一阵死缠烂打
青椒五花肉终于融为一体
你中有我我中有你的情意绵绵无法离分
这一趟回锅之旅还真有不小收获
适时的回头成就了飘香惬意的人生

# 芋头烧白菜

小白菜长得水灵灵的十分可爱
宿命地遇上了土灰土灰的芋头
芋头在黑咕隆咚的地里长大
自小就习惯了沉默隐忍
小白菜见到芋头就老迂老迂地叫
叫声里含着难言的情愫和无奈
芋头的内心听懂了一种爱的呼唤
行动上却又表现出木讷茫然
好几次在臆想中把小白菜揽入怀中
嘴角嗫嚅着说不出半句话来
而哆嗦的双腿仿佛害怕得要从自己的躯体上随时出走
眼看着大好一场姻缘可能就会错过
油盐胡椒粉等一干小伙伴集体起哄
趁着芋头脱光了衣服在鲜汤里洗澡
七手八脚地把小白菜也请到一口锅里同浴
起锅时芋头与小白菜已结合成天设地造的一对新人

# 尖椒炒腊鸡肠

雪峰乌骨鸡志向远大
天天在森林竹海扑棱飞翔
它要不负大山的嘱托
它要背负着雪峰山一飞冲天
在大湘西它已尊享竹林飞鸡的美名
它主导的“乌鸡白凤丸”百世流芳
但它不满足于光辉的既往
活着的意义是要不断冲刺新的高度
在搏风击雨中锤炼内心和翅膀
当它偶尔听到什么鸡肠小肚的嘀咕
当时第一感受是十分气恼甚至愤怒
体量的大小绝不是衡量优劣的标尺
怎么能把鸡肠与小肚画上等号
转而一想既然存在这种议论
管它是有一定依据还是世俗的偏见
光靠打压不行得让客观事实说话
何不把它当作善意的担忧和提醒
拿出有则改之无则加勉的诚意和行动
雪峰乌骨鸡主动交出自己的全副鸡肠
先是高高挂起饱经烟熏火燎的考验
其后又与最尖刻最挑剔的辣妹子摔打对练融合发展
火辣辣香喷喷的尖椒炒腊鸡肠让食客胃口大开

# 沅陵晒兰肉

千年辰州府站在大湘西门户上
看尽千帆竞渡舟筏冲浪
豪迈激越的沅水号子如沉雷滚过
纤夫崖、寡妇链在与清浪滩的对视中血红了眼
邓家老二要去撑篙划桨闯世界
这一去也许数月也许经年
吃喝拉撒全在一条乌篷船
二嫂子心疼男人风餐露宿讨生活
节衣缩食买回了一块黑猪肉
肥的熬成油带上船，瘦的切成片
经食盐和香料温泡秘制之后装进竹篮
此刻，正在船篷顶上懒洋洋地晒太阳
邓氏土家王晒兰肉，渐行渐远渐成熟
晒兰肉饱含着阳光和爱的味道
带着晒兰肉出外打拼
走出了千里万里的湘西汉子
总改不了一路泪眼回望故乡

# 麻阳十八怪腊肉

都说十八怪成就了长寿苗乡
猪比狗跑得快是怪中之怪
怪在猪为什么要跑那么快
怪在猪为什么能跑那么快
郭公坪大山上已找不到郭公发问
只有满山放养的猪在哼哼唧唧
这场无厘头的动物奥运会
明显地不太符合游戏规则
好像是另一场龟兔赛跑
最后的结果让人大跌眼镜
不过你到了锦江河畔的青山之上
一切就会看得清清楚楚明明白白
这些猪早就冲破了家养的栏圈
在风花雪月中滚爬打斗着野性的浪漫
每天的觅食与争食都是一场极限考验
岂是一条家养的狗所能比拼
懂事了的成年猪都跑在通往市场的路上
入冬后更是一股劲往农历腊月狂奔
跑出了麻阳十八怪腊肉久负盛名

# 新晃禾滩杂烩干锅

姚大嫂号称夜郎古邑第一炒
杂烩、拌料和油盐酱醋在她的锅铲下神奇翻飞
禾滩镇的小菜馆一开就是三十年
猪肝、猪肺、猪耳、腰子、瘦肉、五花肉和猪心
组建成中国侗家美食第一摇滚乐团
在锅的炙烤和铲的点化下劲歌狂舞
爱出风头爱串门的小肠小肚还不时串出了
又小又软好精致的芭蕉尖尖脚
干豆腐、芹菜、辣椒及时鲜配菜
也快乐地呐喊着参与进去
豆瓣酱、剁辣椒、山胡椒和麻油
瞄准时机适时地卷入其中火上浇油
二十余分钟香喷喷的杂烩干锅新鲜出炉
逼得法国大餐匆匆收场如同遭遇了新的滑铁卢
佛跳墙又羞又恼再次跳楼

# 油淋辣椒

看到无湘不成军得到世人公认
无辣不成菜也不断开疆拓土
辣妹子在高兴之余又有新的目标
她已不满足于做菜肴拌料的地位
由那些吃货们需要时爱得要命
不需要时不顾不问丢弃一边
她要独立树起自己的鲜红旗帜
她不愿再做任何菜肴的附庸
说白了就是要凭一己之力做出一道名菜
当她有意无意地透露出她的宏大计划
湘菜中的大佬和众小喽啰都哈哈大笑
不约而同地冷嘲热讽她痴人说梦
只有平时在她面前油嘴滑舌的雪峰山茶油坚定地支持她
并心甘情愿毫不畏惧地跟着她赴汤蹈火
这样的场景感动得辣妹子热泪涌流
看人的确不能只看表面门缝里瞧人把人看扁啊
沧海横流大浪淘沙方能检验出一颗真心
真正是天不负人功夫不负有心人
一道油淋辣椒甫一亮相就获得了满堂喝彩

# 黄豆焖猪蹄

猪不甘心平庸地过一生
面对吴承恩的冷嘲热讽一直耿耿于怀
这只猪下决心以自身实力为族类平反
他剁下自己的四只脚焖在锅里数黄豆
冷眼看世界人类也只能勾着手指数几个数
咱老猪剁下的几根脚趾还能数黄豆
数了半天究竟有多少粒黄豆心中也没个准数
几个干辣子陪着猪蹄子干着急
最后数得猪蹄和黄豆都满身流油
心急火燎中听得有人在大喊胶原蛋白胶原蛋白

# 牛肉炖土豆

这一次土豆占了上风
牛肉甘为土豆当下手
牛肉炖土豆曾享受过至高无上的地位
如今还在为人类的美味主义浴火奋战
喜逢牛年牛的精神得到极大弘扬
这种谦逊的品格也真十分难得
当然土豆姓土其实并不土
民间保留着原初的名字叫作洋芋头
难怪洋芋头至今还是海派风格洋气十足
牛与土豆在一起倒真的中西合璧土洋结合
土豆认准了的事也是九牛拉不回
切成片切成丝也喜欢和牛肉抱在一起
这生死相恋的壮举不禁令俗世围观者动容

# 冬瓜排骨汤

冬瓜不明白自己为什么
一定要配给排骨
难道是为了身材
排骨倒是乐呵呵的
口口声声道是缘分
事实上排骨早就盯上冬瓜了
偏瘦的男人更神往杨贵妃
是不是一种心理互补尚且存疑
反正排骨爱上了冬瓜
不管如何存有争议
一旦摆上了桌面
结果都是一场皆大欢喜
闷声看热闹的汤
也兴奋得在勺匙上失禁

# 苦瓜烧肥肠

苦瓜吃了一辈子的苦头
现在好像终于熬出了头
江湖上开始流传苦瓜的励志故事
他的各种神功在社会受到热捧
拥趸和粉丝成千上万数不胜数
肥肠可能是从大唐穿越而来
她就是苦瓜的骨灰级信众
她告别大唐告别杨贵妃
铁了心跟着苦瓜学减肥学瑜伽
自从有了肥美人紧紧追随闯天涯
苦瓜可以说是苦尽甘来一路上吃香喝辣

# 湘辣牛筋

牛有些想不明白的是一根筋究竟有什么不好
现在它干脆抽出这根筋
请来三百六十行里的大师傅评评理
大师傅倒是大将风度不慌不忙
将牛筋洗净，倒入沸水锅中氽水
捞出晾凉，切大块随后油锅烧热
姜蒜白糖料酒番茄酱粉墨登场
盐、水焖煮，辣椒圈辣椒末和淀粉香油推波助澜
一盘红彤彤的湘辣牛筋在美味大赛中勇夺金牌
尝一粒就能听到任何五脏六腑都发不出来的咯吱之声

# 银耳猪肝汤

谁妄言了朽木不可雕
朽木上长出的银耳美得牡丹花一样
雪峰山香猪天天围着银耳转
这一回干脆对银耳掏肝掏肺
土生土长的银耳要去闯海
香猪把自己的肝切成一片片风帆
锅碗瓢盆的海洋其实并不大
银耳嬉笑着邀约猪肝兴风作浪
眼前的海洋变成了水上游乐场
银耳与猪肝的疯玩忘了回家

# 香菇笋片蒸鸡

香菇和冬笋迷上了上古的传说
九嶷山的湘妃竹让她俩着魔
雪峰乌骨鸡是她们心中的舜帝
她们要像当代现实版的娥皇女英
徜徉在黑森林里的雪峰乌骨鸡行无定迹
训练有素的一副翅膀飞得来无踪去无影
香菇和冬笋跋山涉水四处寻觅
香菇的一条独腿几乎走得残废
冬笋把自己一路折腾成了一丝不挂的玉兰片
终于在湘西伙夫撒出的一缕青烟中
香菇和笋片追随雪峰乌骨鸡羽化登仙

# 通道侗家腌肉

入冬的木桶空出了库容
雪峰山下的侗乡又开始新的忙碌
秋收冬藏是一条千年的古训
要为未来的日子和贵客
准备好侗家腌肉伴苦酒
浸渍了盐分的鲜肉稍稍晾干
深入到木桶里暂时蛰伏
糯饭或糊糯层层作槽
竹叶或棕片加盖其上
最后是大木盖及上面的石头压住
数月之后取之可食
既可即食也可煎炒烤炙
腌制的过程就是一场新的孕育
孕育数月的腌肉又获得新的生命
新的生命色彩红润活蹦乱跳
十分张扬地登堂入室或招摇过市

# 糖薄虎甜瓜

三点秋香之后他便去了海南
躺在一畦瓜地里等着人们点他
不过点他出场的人还真多
大家老远就喊着糖薄虎糖薄虎
一下唤起了他前世的许多记忆
中国北部和南部已经乍入小寒节气
天涯海角的甜瓜开始想家
成熟了的糖薄虎饱含深情
凭着内心的火要把冬天点燃

# 湘西庖汤

一口火锅烧开了腊月的喜庆
浓浓的年味儿从一锅庖汤开始
风调雨顺的年成家家户户杀年猪
猪肉猪排猪肝猪肺猪肠猪血一锅煮
庖汤火锅就是一锅全猪宴啊
自然是姜蒜花椒酱油和新鲜时蔬也不能少
还要适时撒上些湖南人的干红辣椒
庆丰收谢邻里祝贺和祈求未来充满寓意
雪峰山下长坡团寨的长寿庖汤更有特色
刚宰杀的年猪享受了传统的祭奠仪式
燃香烧纸鸣放鞭炮叩拜天地
山里人的生活仪式感油然而生

# 洪江血粑鸭

既要吃出特色美味又要解决部分温饱
既要营养丰富又要绿色健康养生
一碟乡土菜承担了太多的职能
点来点去点到了洪江血粑鸭时眼前豁然一亮
曾跟着三古论坛走遍了大国的古城古镇古村
洪江古商城最有人间烟火味
百千年繁华创下的美味小吃五彩纷呈
就像天上的星星数也数不尽
洪江血粑鸭是一道大菜
北有全聚德南有血粑鸭名不虚传
一只鸭子坐上主席不是那么容易的事
它娶到了巧媳妇家的几个血粑姐妹花
娘家还打发了一溜子板栗补肾强身
葱姜酱醋都是些附带的陪嫁
幸福的男人所以通吃天下

# 洪江豆腐乳

付氏作坊对新鲜豆腐的想法不同
盼望着自己是一块眼光独到的老豆腐
盼望着早点一小块一小块地速朽
经过了晾晒、蒸煮和自然发酵
雪峰山野生茶籽油与食盐、辣椒粉
掺和进来一起起哄
搂搂抱抱地躲进一只土坛子里敖包相会集体度蜜月
生命走向了发霉长毛反而获得了长久
一路走俏的洪江豆腐乳给市场和人生都上了一课

# 芷江酸辣红烧羊肉

所有的奔跑归根结底不过只是觅食
这一次西晃山马头羊的奋蹄还真不一样
长着一张马脸就要有骏马的目标
尽管头上没有长角也要大胆挑战生活
俗世的生活酸甜苦辣五味杂陈
认准了目标就要冲刺最佳美味
红烧是泱泱大国的一道大菜
侗家的炊烟里酸辣的乡愁味最浓
那就把油盐酱醋红辣椒酸白菜全部动员起来
端出一盘芷江酸辣红烧羊肉呈献给华夏盛世

# 辰溪血鸭

屈原夜宿过的辰阳又出怪事
一只发呆的鸭子突发奇想
要放出自己全身的血
然后让身子通过血液穿越古今
这样就可以来来回回地唱读
竹帛上的活字上的激光照排的橘颂和涉江
这种事儿假如让三闾大夫听到
也会一梦惊醒再次发出天问
鸭子可不管别人的为什么为什么
它知道有一本叫《十万个为什么》的书但他从来不读
屈原答不出来的问题都有那么多那么多
它可不想象陈景润把生命耗费在哥德巴赫猜想上
鸭子从来是真实的现实的俗世的
即便当了鸭王也只会发出嘎嘎的叫声
摇摇晃晃的脚步证明鸭子是行动派而且比较自信
坚定的大众口味老少皆宜寻常百姓
从不苛求曲高和寡阳春白雪天下一绝
不过鸭子此次的毅然决然还真有点骇人听闻
围拢上来的吃货都把自己当成了兼职教授
比画着筷子指指点点而又啧啧称奇

# 中方潇湘猪手

无湘不成军还真是名不虚传
该出手时就出手自古是一种豪侠风格
年轻的中方知道自己的名字可能代表着什么
潇湘猪手一出手就惊艳了世界
雪峰山开门见山出门就爬山
放养的家猪也练就了一副铁脚板
在牲畜的世界里手足是并用的
搏命时刻四条腿可以同时大打出手
潇湘猪手在烹饪名利场上的浴血奋战
还真打出了扎硬寨打硬仗的湘军风格
远远近近的豪门盛宴和柴门小饮纷纷沦陷

# 怀化腊香肠

一只猪的想法一旦成形
要扭过来真的比犟牛还难
牛满足于自己长着四个胃
吃饱了喝足了可谓不负此生
猪不甘心于只活一生一世
想通过自家的肠道穿越古今
五花肉梅花肉是灵魂的载体
揉进些食盐淀粉五香粉涂脂抹粉
填满了的肠衣就像一发导弹
新的生命又在烟熏火燎中发射得很远很远

# 全竹宴

一根毛竹的向往
不再只盯着天空
为了争夺高处的阳光和呼吸
毛竹从地下的茎
到浮出地面的笋
早早做好了准备
憋了一冬的劲
借着春风春雨的掩护与怂恿
焰火似的呼呼上蹿
红色圣城与转运之城相互激励
在商业社会发动了新的冲锋
国贸大厦高耸入云拔得头筹
南京路广州路深圳路珠海路香港路
紧围其身边翻滚着波涛激流
毛竹看着自己天赋的姓氏
感觉仍有未究的使命在身
脚下的湘江与梦里的湘江神秘汇合
奋斗者永不会停滞心中的梦想
更不愿今日的脚步停留在昨夜的梦中
毛竹又开始重新规划人生

要走向烟火人间开拓新的征程
面向崭新时代贡献全部所有
一路凯歌高奏一路发动乡邻街坊
竹笋竹菌竹荪蛋竹毛肚竹燕窝身先士卒
竹泡菜竹筒豆花竹海腊肉竹荪酒紧随其后
蕨菜折耳根雷公矢乌江豆腐鱼也纷纷参与其中
大山的珍藏又大方地掏将出来
誓让黔菜出山消解现代饮食男女的饥渴

# 杨八妹腊肉

与宋代揖别之后的杨门女将
深入到湘西腹地
其中的杨八妹
从爱读《西游记》的欧氏家族
学会了分身术
朝着正宗嫡传湘西腊肉目标
又投身缭绕烟火中穿越千年
向世人奉献出一分
内心的阳光和馨香
放牧于雪峰山上的跑山健将
大号湘西黑猪或黔邵花猪
一直活得很传统很古代
国家地标农产品和地方保护品种
双荣誉一直跟随在身
盛名之下她们不辱使命
心中的英雄情结掀江倒海
天蓬元帅并非她们祖先
她们是杨八妹的现代化身
爱美爱打扮
也爱舞枪弄棒攻城略地

不过烽火硝烟的年代早躺在史书上笑谈
山茶树蔸和橘皮燃烧出来的烟雾
让沉浸其中的她们香气腾腾
她们拜拜了征战杀伐
美滋滋乐融融从中使集团出发
以中国天使的身份
向人间赐福的名义
云朵一样翩翩飘飞
飘飞千里万里
一举降临到华夏神州美食天堂
比如大气的北上广
比如洋气的粤港澳

# 怀化猪血丸子

看了几十遍《西游记》
一只猪渐渐地看出了一点门道
它不记恨吴承恩对猪八戒的冷嘲热讽
它羡慕孙猴子的七十二变
只要拔出根汗毛就能变出个一模一样的自己啊
有了此种功夫，不说凭打
就是凭骗也能骗死多少妖怪
这只猪知道东海龙宫决然找不到第二根定海神针
它只需要找到辣妹子的一双灵巧的手
把自己的鲜血，重新揉入粉身碎骨的肉身
掺和些必要的油盐姜蒜豆粉五香粉
再走一次晾晒熏蒸的传统过场或现代流程
三百六十个黑里透红的怀化猪血丸子粉墨登场
怎么看都像雪峰山上小香猪在蠢蠢拱动

# 腊味合蒸

入冬之后的年味儿越来越浓
辛苦了一年的人们要好好地犒劳自己
若是苗族乡村侗族寨子来了远方的贵客
更是会端出一盘香气四溢的腊味合蒸
腊味合蒸是大湘西的一道大菜
几味雪峰山珍组建了美味联盟
腊肉、腊鱼、腊鸭和香肠排成方阵
在煮煮蒸蒸中完成了再度成熟
再度成熟的生命热情洋溢
天南海北的人们在湘西腊味合蒸面前兴奋

# 鳅鱼蒸腊肉

一只猪走在腊月的路上
一门心思想让自己聪明起来
平日里偶尔听到人要聪明必须接受什么熏陶
猪于是琢磨着可能是受农家柴火的熏陶
认定的事就要一直往前拱
坚持把自己熏陶成了正宗的湘西腊肉
不经意地发现与鳅鱼待在一起
鳅鱼可是水生的珍宝级人物
能与鳅鱼平起平坐这可是从未享受过的待遇
猪感到自己变身肉块接受熏陶的确受益匪浅
鳅鱼早就知道猪是陆地上的大众明星
湘西腊肉更是走红新春佳节舞台的民间大腕
它俩越想越是彼此欣赏惺惺相惜
不一会就同时陷入香喷喷的梦中

# 牛瘪火锅

一锅牛肉在火烧火燎地等待着牛瘪
牛瘪却在撕条撕理不慌不忙地挤出自己的汁液
为了苗族乡村侗族寨子的这一顿大餐
一头牛破天荒享受到了开荤打牙祭的特殊待遇
首乌、葛根、柴胡等这些新鲜中草药
几乎是争先恐后抢着入围
来不及消化完的牛瘪被从牛肚里扒出
热乎乎的五味杂陈一言难尽
花椒、生姜、陈皮、香草和牛瘪的汁液投入锅内
黄绿色戏浪弄舟的牛瘪火锅佳肴甘爽微苦

# 张氏柴火婆婆鹅

这只鹅不是一般的鹅
湘西土司王时代的御厨亲自烧制
从古至今已经传到了张氏多代
背篓人家的厨房还是神秘兮兮秘不可宣
这只鹅眯缝着眼睛看着这个瞬息万变的时代
你问为什么要眯缝着双眼
只为了把这个世界看得更清更准
任何枪支的打靶都是睁一只眼闭一只眼
这只鹅眯缝着双眼命中率肯定可以翻一番
天下的食客和吃货抢着谈体会
吃遍了东西南北只有张氏柴火婆婆鹅
次次击中了我的软肋我的十环

# 酸辣刀把豆

老厨师面对着刀把豆第一次起了犹豫
这刀把究竟掌握在谁的手里
青幽幽的刀把豆显得有些神秘莫测
藏匿在幽幽波光下的无数只眼睛
把老厨师的心事看得清清楚楚明明白白
老厨师不愧是桥江古镇人见多识广
他走过的桥跨过的江不是常人所能比拟
淘气的刀把豆被他切成块切成丝
塞进酸水坛子里洗澡辣椒酱里打滚
端出来的溆浦酸辣刀把豆
又酸又辣得丝丝块块都扎心

# 香肠羊肉粉

羊终于摆脱了被驱使的宿命
快乐地把身子舒展成一片又一片
飘浮在一口汤锅里悠闲地晒太阳
正好邂逅了几块行色匆匆面色潮红的香肠
放机关枪似的向它诉说着穿肠过肚的痛楚
还有身后白发三千丈的别恨离愁
所有的快乐都源于对得失的辨识
你看我羽化化成了悠悠白云享受着清风明月
挤干了你一生的素杂
反而让你饱尝到精鲜可口的肉食
白发三千丈其实是我们共享的荣耀啊
我与你同心携来千年的诗境和美味
向人们献上一份浓香四溢的乡愁

# 红烧鸡翅

当翅膀放弃了鸡身
能不能独自去飞翔
科学的诘问是离开了人体的手臂
还是不是手臂
一只鸡翅听了个似是而非似懂非懂
它主意已定要以身作则做个实验
它想到一两只翅膀要挑战常识肯定难度不小
它把一大堆同类召集起来
在一口烧红的铁锅里冲刺飞翔
最后在一把锅铲的指挥调度下
果然它们来回翻飞，飞了很久
油盐酱醋的风雨考验如期而至
风雨过后它们已经飞到了幸福的彼岸
红烧鸡翅的励志故事给天下食客
呈献了一份入口入心的心灵鸡汤

# 啤酒鸭

鸭看着看着啤酒就心醉了
其实是啤酒看到鸭先自醉了
她义无反顾地扑向鸭
想在鸭怀里诉说着鬼使神差的一见钟情
最后是啤酒和鸭醉成一团云里雾里
醉梦中还你一句我一句喃喃自语
啤酒说一见钟情的爱也可以钟爱一生
鸭说我现在全身都弥漫着你的影子你的体香
等不及的吃货们纷纷下筷
是不是有点儿棒打鸳鸯

# 剁椒鱼头

湖南两个字一看就是水字当头
三湘四水讲的主要不就是水吗
这话鱼头听了着实很中意
鱼头既然是个头就要想些大事
它在思考要做好水的文章
那么鱼的大好机会就降临
正是大门上福字倒了就是福到了
虽说现在长江十年禁捕退捕
鱼米之乡的大小山塘可是星罗棋布
当个鱼头就要考虑水产品的出路
鱼头越想越感到自己责任重大
鱼头仔细一琢磨还真琢磨出了门道
它想到把乡下老家秘制的剁椒鱼头做大做强
一定能让天下人都尝到吃香喝辣的正宗味道

# 葱姜炒螃蟹

螃蟹相信自己横着走竖着走都是对的
这块土地上没有谁能挡得住
没想到这一回似乎有些失算
被不起眼的葱姜挡住了去路
并且教育螃蟹要讲规矩要听劝
一句老话就是耳朵要能进油盐
螃蟹听了最初的反应是不吃这一套
可是左冲右突还是不仅不能过去
灵敏的鼻子差点还被葱姜呛歪
螃蟹想想好汉不吃眼前亏
暂时放下身段与葱姜俩玩乐忽悠一下
正当螃蟹和葱姜摔跤打闹玩得热火朝天
一只锅铲三下五去二把它们
全部铲进了早已等急的花菜碟

# 竹筒香芋排骨

香芋和排骨偶尔走到一起
又偶尔谈到了一个话题
所谓人过留名雁过留声
来世上走一遭总该留下了什么
排骨抢先作了发言
大块的皮肉都已离我而去
现在我就只剩下这么多
确实要郑重其事地做些思考
往后余生该留下点什么能留下点什么
香芋自视还拥有一点余香
只是不知找到什么器皿才能长久存放
一节山上的老楠竹凑了上来
谦逊地探问道可否让我试试
香芋和排骨同时眼睛一亮
真正是踏破铁鞋无觅处得来全不费工夫
有了老楠竹来帮助我们穿越时空
火与光会为我们留下五千年的甜爽与香浓

# 山泉稻花鱼

雪峰山三千条溪流
字溪河收集了五百座山头的涓涓细流
汇成一股四季流淌的山泉
它要挥毫泼墨
在大地上作诗
唱出鱼米之乡的风雅颂追随袁老师
老百姓说袁老师是当代最伟大的诗人
袁老师稻浪翻滚的田园诗
养活了大地上的无数生灵
字溪身处湘西大山
有着向袁老师看齐的大理想
为理想奋斗颇有些奋不顾身
因为接受了稻花和字溪山泉的双重哺育
稻田里的小鲤鱼快乐无比
白腹，黄臀，泛出的金光令人迷离
小嘴在清泉里吐着童年梦幻曲
尾巴一摇
鱼儿游出了十方广布
时不时还蹦跳一下
发动对稻花的亲吻偷袭

湘西字溪的山泉稻花鱼
既满腹诗书气自华
又野性十足走天下
好不容易抓住了一尾山泉稻花鱼
它扭了一下秧歌
我立马现出吃货的原形

# 禾花鱼

藕团乡一尾禾花鱼在田间翘了下尾巴
湘黔边界的吃货们心里泛起了浪花
现在又到了金秋丰收时节
稻穗下觅食两年的禾花鱼
现实地面临着三个去向：熏干、腌制、鲜食
这一尾禾花鱼活蹦乱跳煞是可爱
毫不犹豫地选择了直接走进烹煮炖烧
靖州禾花鱼质本洁来还自去
带着满身的芳香感染食客

# 湘西板栗红烧肉

五花肉决定去打球塑身
几粒板栗活蹦乱跳主动当球
一口油炸铁锅支起了特殊球场
五花肉和板栗子不停地奔跑翻滚
它们明知道所有奔跑的终点
都不外乎是人们的胃肠
它们珍惜奔跑过程的快乐
它们要把奔跑本身变成快乐
它们创造着人类的口福
也享受着自己的幸福
正当五花肉将板栗球打得正欢
时间到了，凤凰老抽吹响的暂停口哨
像雨点般喷洒而来

# 酸辣子炒小干鱼

谁安排了酸辣子来上门成亲
欢喜的小干鱼热泪缤纷
离开鱼塘的小干鱼知道自己再也回不去了
真正是四顾茫然举目无亲
其实小干鱼很小在鱼塘时就怀有梦想
他常常望着鱼塘边的辣椒地走神
辣椒地里的小尖椒格外翠绿俏皮
想想都禁不住春心荡漾
听说经历酸坛子洗礼的小尖椒更加酸辣逗人
小干鱼在睡梦中把自己笑醒
其实酸辣子对小干鱼也充满深情
辣椒地里的小尖椒望着山塘的小鱼儿也发呆
实在身不由己有时就让自己的投影跳了下去
现在小尖椒已成熟成酸辣子水灵灵的
姜蒜酱醋的喜乐队鼓瑟齐鸣
酸辣子小干鱼的结合招来远远近近的嘉宾喝彩

# 沅陵糯米辣椒

火红的辣椒挂满大门外屋墙上
点亮苗家人大丰收的内心喜悦
现在这些辣椒又要重新出发
苗家人要把这份喜悦长久珍藏并让众人分享
火红的辣椒与洁白的糯米粉喜结连理
糯米粉获取了辣椒的心也填满了辣椒的腹
最后一体化地走进腌菜大瓦罐的殿堂
再亮身时酸辣爽口的糯米辣椒红里透白
在湘西美食王国一举惊艳

# 羊肉萝卜汤

也许很多人只知道给羊吃草
其实补充点白萝卜很有好处
尤其是在寒冷的冬季
在干饲料中混合点白萝卜
补助水分有助消化又助养生
这只羊吃着吃着也就吃上了瘾
你看它已从碗里吃到了锅里
逼急了的白萝卜剖腹自残后又跳进翻开的水里
羊还是决不放过
把自己分出七十二片真身
每一片真身都咬住一块白萝卜
天底下所谓的天缘巧合从来就不是简单的喜剧
爱与疼常常紧紧搅和在一起
倒是吃货端坐一旁又看了一场好戏

# 溆浦响萝卜

入冬后的坛子菜是溆浦一绝
大量果蔬在坛子里得到修炼
当鲜萝卜变身腌萝卜条之后
一出坛就要谈修炼体会
借助你的上下牙齿
腌萝卜条的发言“嘎嘣嘎嘣”
标准的“普通话”清脆而响亮
还带有一点辣妹子的火药味儿
当你仔细地咀嚼她的讲话
一股暖流已突破冬的防线
由远及近地将全身漫灌
才下额头却上心头

# 糍　粑

三千条溪流汇聚，龙潭胜景始成
如一颗绿宝石，镶嵌云端
广袤田野风光无限
巍峨挺拔雪峰山，变幻四季画卷
三万亩田埂合拢，圆了乡村田园梦
一曲垄上行，欢歌舞炊烟
稻浪滚滚白丝糯，翻涌谁的笑脸
在丰收的喜悦里，采撷一万粒星星
槌打得飞花回旋
内心顿时被甜蜜幸福点燃

# 金缨子

花果山上的金缨子
从小就充满理想
在野生的第三代水果中
唯独它们胡子拉碴
满身是刺
它们就用天赋异刺
不断地雕刻自身
一直雕刻打磨成了
野果之王镇山之宝
它们个个长得像猛张飞
有时聚在高冈上大吼一声
吼得溆水倒流
三都河四都河一都河二都河
浪头掉转头逃逸
现在的金缨子不再满足于占山为大
它们争先恐后地排着队
还挥出一根根荆条快马加鞭
大声呼喊着下山下山
它们整编成特色农业产业军团
从内心里掏出了一生的积蓄
换来日月精华酿造的玉液琼浆
金缨子王酒四方飘香

# 红　糖

掠过风的翅膀
又在雨上滑翔
因被国际健博会的口碑牵引
我手执红糖
穿越雪峰山绵延千年的古方
将在一个叫大湾的山村降落
十八斤甘蔗熬一斤红糖
犹如歌里捧出的九九女儿红
我逼近花甲的媚眼撞上了金奖的直射
舌尖的渴一路狂奔到求
众口一词的褒奖是精准的北斗
天空下的向氏作坊浓缩成一个点
就像甘蔗汁在大铁锅里
凝聚成钙凝聚成铁
但我按图索骥
精准地降落在食客们的艳羡上
幸福从来就与口福生死相守
蝶降落在花上，蜂降落在蜜上
我手执红糖
内心被大湾古方温柔浸透

两千年前迷失在溆浦的三闾大夫
曾用融化的红糖为《楚辞·招魂》
两千年后寻觅到家乡的行吟诗人
手执红糖
在甜与蜜之间来回飞翔

# 新黍红

祖传的手艺赶上了新时代
何氏夫妇的经营开始了跨省越市
二十年风雨沧桑弹指一挥
雪峰山下的怀化新城
响当当的新黍红调味食品创下了徽商新传奇
都说三百六十行，行行出状元
开门七件事柴米油盐酱醋茶
何氏一门三代传承百年
围绕一个油字大做文章
花椒油藤椒油麻椒油麻香油麻辣油芝麻油种种油做到极致
顺手捎带上风味豆豉鸡味鲜精鸡油辣椒和黄山情结川湘特色
新黍红调味食品走南闯北畅销九州
让富起来强起来的中国胃口大开
在神秘湘西我看到了稀奇一幕
雪峰香猪率领着芷江鸭溆浦鹅白菜萝卜等呼啦啦一干荤素
敲锣打鼓地送来一面致谢锦旗
锦旗上十个烫金的大字格外耀眼
百年新黍红　麻香真给力

# 会同冬笋

大山深处的竹林冻土
破天荒地裂开了一条小缝
会同冬笋已毅然决然地决定出走
肖家山上，楠竹王的管理俨然有些失控
从小缝里冒出的声音东西呼应此起彼伏
这种声音当然不是当年的唐伯虎在作诗
高高在上的楠竹王还头一次感到不好对付
冬笋们赶在风雪到来之前破土而出齐刷刷发问
为什么生为笋子就一定要长成竹子
一位从鹰嘴界下凡的神仙已为它们指明了道路
去林城的大公司凤凰涅槃成玉兰片
然后花枝招展地造访人间

# 溆浦野菜马齿苋

马齿苋们匍匐着前进凑在一起
七嘴八舌地议论纷纷
它们要学习鲁迅笔下战斗的野草
既然长着一副天然的马齿
就要为人间啃下一些难言的焦虑
心急的马齿苋连夜行动
在天亮之前赶上了岩湾佬的早餐
凉拌、做馅或清炒都绿油油的
看得一家老小满嘴流涎
更多的马齿苋跳进陶坛里修炼
把自己练成黑咕隆咚的黑包公
马齿苋腌菜从长子口和屈原大道进城
官码头的姜胖子从此宣布吃素

# 怀化名堂

怀化名堂究竟搞什么名堂
第一眼的感觉就让人心生诧异
这种诧异又转化成巨大魔力
让人情不自禁地钻了进去
钻进一看还的确气象不凡大有名堂
餐饮协会会长在这里大唱特唱《沙家浜》
一日三餐九碗饭还真有点嫌不够
大湘西美味佳肴仍在蜂拥而来排着长队
溆浦有句土话叫作肚子胀破了眼珠还想打牙祭
此时此刻作为溆浦佬确实有了身临其境的真切体会
拍案叫绝间蓦然看到从京城省城远道而来的媒体记者
像群狼一样地扑向了雪峰香猪琥珀腊肉

# 杨梅，杨梅

在春夏之交重读楚辞
读出了涉江橘颂思美人
读出了山鬼湘君湘夫人
读出了雪峰山上端午雨
情深深雨蒙蒙里
从木洞村走出来的靖州杨梅
已装点得苗岭侗族寨子满眼红
杨梅红了，杨梅熟了
红熟的杨梅里显影出求索的山水和行吟的歌
更映射出跋涉的柳暗花明和欢笑的泪
小小的美丽精灵一夜间
从青枝绿叶中脱颖而出
又在端午雨里浅吟低唱
若不是亲见，若不是广袤的田野
躬耕的牛正为难得的牛年时光
哞哞地叫得正欢
谁不会错认为是梦境中的一幅画面
远游觅句的诗人一下来了灵感
人们啊，你们用杨梅下粽子
唤回了怀沙沉江的三闾大夫
今夜，月光朦胧景色迷离
我我我，我要用杨梅下酒

# 采樱桃

传说中的飞鸟从泰戈尔的诗歌飞出
偷食了亚当夏娃的车厘子
我驾着盘古钦赐的盘瓠龙舟
一路牵着风，拨着雨
哼着劲爆的苗歌在云海穿飞出没
我在高空中与飞鸟赛跑
要亲手去体验一下
采摘比黄金还珍贵的中国樱桃的快乐
天梯美墅百果宴的美味和荣光
那一片桃园的主人与绿水青山相遇成金成宝
天梯美墅里住纯美爱情
树屋、悬崖餐厅和富硒井水无边际泳池
以及载歌载舞通宵达旦的欢乐长龙宴
关键看我能不能抢在贪食的飞鸟抵达之前
采摘到云海深处的红樱桃
也是出席天梯美墅百果宴的通行证
我驾着盘瓠龙舟就像当年的哪吒
风火轮下，风驰电掣

# 枇杷，枇杷

心中常有动听的音乐响起
是因为枇杷与琵琶谐音吗
当五月的枇杷在雪峰山泛黄
一树一树的摇滚就在天际间回荡
阳光灿烂，初夏的风温柔拂面
每棵枇杷树都是一个完整的乐队
油亮的阔叶弹奏着丰收的欢笑
美丽悦耳的音符一个个跳将出来
正是这满树满树的金果摇曳着青枝绿叶
从立夏到小满不只是节气的转换
太阳与月亮的竞赛锣鼓昼夜敲个不停
龙场枇杷在成熟的路上舞活了龙头
又在市场的攻城略地中拔得头筹
不紧不慢的是西晃山下的兴隆湾枇杷
满足于苗风古韵的慢时光游走
悠哉游哉地将要与芒种相会
才恋恋不舍地让自己黄熟
黄熟就是一种告别啊
与自己青涩的昨天告别
也与哺育自己的枝叶和根告别
只是果实与树的告别没有眼泪
兴隆湾长寿水果合作社奏响的枇杷曲里只有承诺和祝福

# 荸　荠

雪峰山高兴得前仰后合
黄岩冷浸田里翻出了热饽饽
黑皮白肉的荸荠赶在春节前上市
传统佳节的喜庆市场又让人眼睛为之一亮
带着清甜带着香脆带着泥土的芬芳
美丽的精灵像一串串急促的鼓点
在一片欢呼声呐喊声中攻城略地
尝到滋味的消费者老远见到就开始打躬作揖
围席而坐的食客群里又增加了张大嘴李馋嘴
赵家二愣子上了原产地去看个究竟
刚赤脚下了寒风中的冷浸田
全身抖得像要从一担糠里
筛出一颗米粒

# 五味子

毕竟多子多福是祖宗遗训
五味子从木兰科植物走出
从木兰从军的故事走出
沿着枝条的血脉
结出的后代一大串一大串
抱成了团，亮花了眼
吊弯了杨家的水泥桩棚架
比梁家的百年葡萄园还要壮观
百里侗乡齐喊着好味道好味道
这些红红绿绿的美丽小精灵
一出生就知道了通道转兵
跳下棚架就急于奔赴长征
它们明白自己肩负着乡村振兴的使命
它们是长征路上的红小鬼
人生五味中
它们牢牢抓住了酸与甜
归肾，上心，入肺
在药食同源大舞台上拳打脚踢
湘桂黔三省边界一片喝彩之声
我在北方大超市偶遇一粒五味子
感觉好眼熟
一尝，果然味道偏南

# 树　莓

天气走到了十字路口
前方不知往晴往雨
大棚里树莓给自己搭梯
一鼓作气爬上小暑
想看看现在的市场行情
再决定自己进一步动作
红得发紫或由红入黑
作为声名显赫第三代水果
树莓一来人间就骄傲得可以
酸酸甜甜的可爱又野性
对现代人补肾又开胃
枝枝蔓蔓上美人佳丽的生日派对
又是大抛媚眼又是大抹眼泪
雪峰山第一次感动得害羞起来
在出太阳还是下场雨间徘徊
举棋不定中悟出一场太阳雨
让天下莺莺燕燕各取所需
河西单老板还真单得不简单
三十年田园流汗由咸转甜
各路吃货美食家纷至沓来
车水马龙中只听一片采摘采摘

# 桑　葚

一只神奇的白鹤
打开翱翔的翅膀
从太平溪边的鹤鸣洲出发
奔向五一小长假
掠过一片桑树林
黄金坳四十湾水库水波潋滟
清冽闪亮奔流不息
坪星山村半卧在幸福阳光里
懒洋洋享受休闲一刻
田畦上大棚里
菠菜蕹菜辣椒茄子红苋菜
冲着生态有机和粤港澳方向疯长
春夏交替的太阳聚光灯下
高调耀眼的当红明星
当数一树树娇嫩可口的桑葚
红红绿绿蓝蓝幽幽
美丽的小精灵在枝丫上甜蜜放歌
方圆百里欢喜得人头攒动
雪峰山下的鹤城鹤翔鹭飞
美丽风光令人眼花缭乱

多少年傻傻地分不出白鹤与白鹭
今日看到的一幕倏忽使我顿悟
我抱着一株桑树不放
仰头紧盯着掠飞的白鹤
猛然发现了鹤翅下暗藏的秘密
洁白的羽毛悄悄伸出手指
顺手掠走了几粒桑葚

# 南方车厘子

当温水煮青蛙成为传世定律
雪峰山敞怀一笑
土樱桃与洋车厘子握手欢聚
人生奔波太多风尘苦累
熙来攘往不只为利
更为奔向快乐老家
温水村的李家果园
就是快乐的温床
就是快乐大本营
谁来了谁都会乐不思蜀不愿离开
由土博士强哥一手打理经营
疯长的无花果爬满了生态拱门
枸杞红豆杉争着站岗放哨
金弹子捂着贴身口袋财不露白
灯笼草提着一盏盏红灯笼
昼夜照看着竹篱笆的动静
古朴风光里溢出了欧陆风情
阳春三月红了樱桃绿了芭蕉
园子里车厘子尚在少年梦中
放肆挥霍着自己的青涩年华

五颜六色的现实已从梦里突围
理想中的甜蜜早就打好了腹稿
表现最兴奋的是山野艳后蓝色妖姬
土洋结合的混血优势让其大红大紫
秀色可餐的成语惊喜地找到了生活原型
那份美艳那份娇羞那份沁心入骨的甜香
几乎预见会爆棚整个春夏
待字闺中就被各路媒婆踏破门槛
东西南北的订单如鹅毛乱飞

# 苞　谷

苞谷记住了四大主粮中
自己名列前三的光荣身份
身处大山深处暗中使劲
台上三分钟台下十年功
桌上美味浸透了淋漓汗水
苞谷外树形象内炼真功
征战市场亮出了十八般武艺
七十二般变化
老玉米甜玉米糯玉米水果玉米
黑玉米高油玉米口香糖玉米SOD（超氧化物歧化酶）玉米
凭一己之力亦把一日三餐
浇灌得甜蜜芳香五颜六色
吊足了人们的目光
吊大了人类的胃口

# 野　菌

惊蛰在来的路上
三月的风提前吹来
去年邂逅的一朵野菌
四处寻不见
大概又跑回了雪峰山
雪峰山与我有白头偕老之缘
去冬今春的四场大雪
彻底覆盖了我一生的命运
太平溪哗哗的春水里
已经找不到雪的影子
雪已深入到我的骨髓
然后从发丝上一根一根吐出来
囤积在头上
发动一场战争
我的心流血一片
只为想你
一朵小小的野菌
像跳动在五线谱上的音符
仙乐飘飘回荡在爱的天穹
雪峰山三千个山头

我一个一个地找
从立冬找到立春
从立春找到雨水
雨水节气下了我半生的眼泪
下得我双眼模糊前路迷雾
只希望惊蛰快点到来
抢到第一声春雷
催生出无数丛雷公矢或地木耳
那是我安放在黄土地上的黑耳朵
让它们帮助我打听野菌的消息
是谁在我嘢嗦米线里放了迷魂药
一朵野菌在我的视线里
溜跑得飞快
就像是梦里消失的白狐

# 木溪山竹笋

雪峰山下的木溪村，四面是山
站在村口仰天一望
千峰万壑全都旋转起来
仿佛与日月星辰打成一片
某块嬉戏着的苍翠
从巨大的漩涡中跳出
清晰地展示自我
在春天，尤为清新美丽
竹林里走出的木溪山竹笋
沐浴了云天雾海的浸染
又过了几手三都河的漂洗
青嫩十足，可爱可口
相传乾隆年间搭建的木溪桥
可能已沿着新修的扶贫公路
走进了年深日久和白云生处
木溪山竹笋简单地化个淡妆
一排排一束束整装集合
果断决定水陆空三路齐发
带着大美湘西大美溆浦的问候

带着生态绿色和扑鼻清香
去三湘四水去长三角珠三角
在人们舌尖上尽情表演美味天鹅湖

辑三

# 山水有约

## 雪峰山的黄昏

# 山　中

天越亮越早
夏日以光见长
光在四处奔逐
抢占夜的地盘
花花草草似乎不情愿醒来
亮出的小清新带着泪痕
山上木屋爬满青藤
直接绕过一些梦境
今日又是天晴
太阳拽着白云出远门
松松杉杉都挡不住
一路排山倒海
来不及躲闪的万物
纷纷磕头迎接
山中的旯旯旮旮
鸟啼与蝈蝈的叫声
相互诗词应和
荡漾起一个清晨的幸福
池塘的麻鸭偶尔开唱
不像鱼潜伏暗处吹泡泡

日子一个一个地过
雪峰山从不着急
享受慢时光的悠然
还常忘了今夕何夕
所以万古长青大抵如彼
现代人太急太拼
故而扰得四处告急
连地球也深感承受不住
你听斑鸠的鼓与呼
声声急促撕心裂肺
又有几人真正听懂

# 穿岩山之晨

透过竹林的幽光
在一些鸡啼和鸭叫的启迪下
我发现衣着薄纱的穿岩山正在醒来
这绝世的美人
断然是昨夜的梦特别香甜
她妙曼的胴体扭动了好久
眼睛还在依依留恋中惺忪半开
黑色的大森林从峡谷中走出来
一个家族的流水声
仍在轻唱着古老的诗经和涉江
曙光的犁铧一层层扒拉出
千年不老的蜿蜒梯田
农耕文明的衣钵薪火相传
古寨紧攥着民俗的手
在静穆的蛰伏中等待日出
那个为穿岩山守夜的山鬼
已化为一道凌空的彩虹
驮着这些自娱自乐的鸟声
为天堂献上春天的晨曲

# 雪峰山的黄昏

将宽大的屏幕收窄
浓缩出异样的五彩斑斓
雪峰山的黄昏鼓翅而飞
离人的遥望喜极而泣
松杉的文字排列成诗
浸入浓墨重彩的画面模糊
归鸟投林突然遭遇严重色盲
哪一抹灿烂才是今晚栖身之处
青绿与浅黄都在与影子纠缠
野营的帐篷又浮出若干星宿
透支了昨夜梦中的嫦娥奔月
我从何来欲往何处
此刻沐浴一身苍茫找不着北
夕阳与新月已然同时出镜
越过此岸与彼岸手牵着手
一朵满载狂喜与幽情的巨大祥云
正在向你我的心跳同时逼近

# 垄上行

山色青青溪流汩汩
农家飘来几声犬吠
小道弯弯绕
早风吹面凉
我有一夏心事
对你轻轻诉
美得令人心痛的地方
吾只取官庄一角
进庄店掌门人
提一壶老酒指路
香樟树荫庇宽广
金弹子叶藏暗刺
桂花在扑向八月香
太阳已经爬到山顶
照我一身明亮
边走边听古风歌
似有红袖续茶
昨夜来了教授
约了今宵叙旧
两茶一鱼几度辉煌

碣滩贡品灿烂千秋
正是大忙时节
晨起垄上走一遍
满目山河风景
秒胜美人出浴
人生苦短夏日长
抓紧多走几步
远闻君已返湘
何日执手同游
莫叹太想念
想念成就诗行

# 坐在西晃山

毋庸置疑
上西晃山
是所有人的希冀和梦想
西晃山是王母娘娘的果园
那里出产的长寿蟠桃
只要有一个分配不均
足可让孙猴子大闹天宫
几千年的烽火硝烟
无非是为了抢夺
人间仙境西晃山
佛祖只有一个释迦牟尼
但茫茫人海芸芸众生
各人有各人膜拜的佛
随请随到最管用的阿弥陀佛
据说常年在西晃山升堂办公
西晃山是阿弥陀佛的道场
他能满足你所有愿望
他会让灾难和危险瞬间化解
他会让地狱照进阳光
登上西晃山

不仅仅是占据了一个制高点
珠穆朗玛当然值得世人仰望
仰望的尽头是高处不胜寒
西晃山海拔 1405 米的金顶日出
令万事万物都匍匐在广袤大地之上
诵念着最光辉的心中暖阳
幸福在诵念中生长
天堂还了俗
俗名叫西晃

# 苏宝顶上

在想象竞合的夏日
雪峰山换上绿袍
抖落掉的千年积雪
全部被苏宝顶吞纳
苏宝顶不做貔貅只进不出
丝丝缕缕派发给呼呼啦啦的风
苏宝顶的风闪现着雪花的泪水
把人一生的清凉和爽意
鼓噪逗弄得天花乱坠
我抱住了山顶上一棵歪脖栎
才没被风吹走
情急之中听见了风的诉说
话里话外透出了骨子里的自信
好风送我入青云
苏宝岭应该是绝佳出典处
风把南来北往的白云
送到了苏宝顶脚下
苏宝顶美如小橙子的纸贴
不断地变幻裙边
草地层层叠叠宽广辽阔

漫山遍野地啃食着牛羊
啃食到天边倏然不见
融入一片天苍苍野茫茫
零零星星散布的避暑帐篷
再现出高天之上星辰大海

# 花　径

一条山道突然点醒了我
所谓锦绣前程
大概率出现在春天
出现在人间的最美四月
若是四月还未出现
那么请回吧
我已用不上了
不为什么
只为约好了夏天
约好要与夏天摔一场跤
摔到汗如雨下
把秋天湿透
秋天以后又赶上冬种
这条花径恰好在四月现身
是不是为我量身定制
车轴草与金缨子
手舞着鲜花夹道欢迎
牛筋草与小飞蓬
为放飞欢乐使出了牛劲
金贞女贞守贞如金

幽微的金光闪闪
百草呼啸中显得鹤立鸡群
兴奋中串了门的枇杷林
被谐音带进琵琶乐队
捂着耳朵也能听到
青翠岁月的余音绕梁
依山傍水掺杂着人工成分
这条花径我按手指印认领
有个脚趾头不服气
在拐弯的山坳
突然崴了我一下

# 花瑶妈山

一个民族的母亲躺下了
眼望着日月星辰在太阳山上躺下
成为日月星辰的有机组成部分
伟岸起伏的身躯横亘出花瑶的传奇
浓密的发丝长出茂密的森林
干瘪的乳房，凝固如铁
钙化了上下五千年的风风雨雨
她丰盈的乳液早已流成了沅水和资水
流成了珠江和长江
流成了高山水田和农耕文明
流成了高庙遗址和稻作文化
流成了炎帝和连山易
流成了雪峰山和袁隆平
汇聚成太平洋汹涌澎湃的巨浪让地球永远年轻得像婴儿
在碧波万顷的蓝色摇篮里
永恒地喃喃歌吟或牙牙学语
我是雪峰山的遗腹子
几十年沧海桑田的人生
其实都走在寻找花瑶妈山的路上
可能全世界最早最原始的语言

统一在一个妈字上
与生俱来的一声妈
让操尽辛劳的母亲泪流满面
我们四方奔波寻找妈山
而妈山一直都守在原地
在盼望着孩子回家中望穿了双眼
但愿天下所有还在转动着眼珠子的生灵
心灵深处都装着一座妈山
她是我们砥砺前行的动力源头
是我们穷其一生永不放弃的爱恋

# 金子山

造物主在金子山打下暗语
金子山直往金字方向巍峨
金字在古今都代表一种高度
就看你能否将他的心事看透
盛夏的太阳高挂头顶
嬉闹的风扑腾出异样的凉
当野生猕猴桃牵手锦绣黄桃
桃之夭夭漫山遍野地撒野
野刺梨野桑葚野葡萄仿佛顿悟
以第三代水果之光荣身份
喜气洋洋地奔赴烟火人间
野生苦丁茶和野生木槿花茶
无师自通了《本草纲目》及李时珍
红袖添香的妙龄奉茶女
舞弄得山顶人家满堂氤氲
被市场上走俏的五倍子蜂蜜
出卖了胀鼓鼓钱包的养蜂人
又在白云生处暴露踪影
山腰上蓝幽幽的拇指湖
一股劲地蓝成一颗绿宝石

手掌竖出的两个大指头
向粤语八（发）的目标开拔
三百条溪流汇成的二都河
歌声在一路悠扬中反复回荡
雪峰山父亲般笑呵呵乐观其成
小横垅，传说中的垄上小飞龙
真切得一身金光一飞冲天

# 罗裙山

绫罗绸缎算得了什么
过气明星找不到剧组
或者回到唐诗宋词里去
回到十七八
去当蝶恋花
去当李清照
去口口声声吸引公子王孙
去乍暖还寒怎一个愁字了得
让李白吃高力士的醋
在梦乡与贵妃醉酒
让李后主写亡国诗
眼巴巴望着一江春水向东流
这些都与我无关
我要去的地方是大好江山
上等的美人珠光宝气罗裙拖地
美而不妖
旺夫不误国
上山的天梯摆明了520
你明白我也心中有数
山上的温泉还打着探照灯

扫个三秒你就直接升为神灵
赶在雨水节气来临之前
毛樱桃已然香甜可人
因为太过野性
连鸟雀也不敢近身
真喜欢上了你的口福
口福是幸福的小名
长寿苗乡的长寿
百分之九十九是吃出来的
除了吃你还求什么
拉之类全是附带
春三月有荠菜煮鸡蛋
还备好了红樱桃蓝莓酒
大块的腊肉和葛根粑
边城翠翠姑娘为你添茶
你还在等谁

# 四宝山

雄赳赳的四宝山一脚跨两县
一个叫“翠玉”的女子上了山
树上的猕猴桃乱作一团
山上无老虎猴子称霸王
没有美猴王的日子里
它们欢喜得各自纷纷称大王
把翠玉名分当作官方的委任状
在自然的乡土情感世界里
呼唤一声翠玉让人柔肠百结
翠玉们个个长得玲珑剔透
一声翠玉里有十万个乡愁
正如四宝山上的负氧离子
每立方厘米每立方厘米的亲吻
会吻得你全身酥麻尖叫失禁
四宝山东西南北四面八方都是宝
翠玉猕猴桃为人间捧出了绿色有机的宝中宝

# 半屏山

半屏山是波涛雕刻的画
最早欣赏到的是海风
陶醉了的海风也想在上面涂涂抹抹
让岁月的沧桑
在画上
半隐半现
半屏山是海底长出的根
一半在大陆一半在台湾
长久的隔海相望
思念的目光也飘出了帆
半屏山
半屏山
以一个残缺的名字
留给人们一个圆满的梦想
在你半遮半掩的屏风后面
定然有太多的期待和叹息
令站在海岛上翘首东望的我
也异化成惠安女子

# 靠　山

在山靠山在水靠水
关键时还要测土配方
一方山水养一方人绝非虚妄
这座小山矗立在高处
明显就是远近众生的靠山
你看杜英和香樟都奋勇向上
桂花和天竺桂也在努力荫庇
蕨类与麦冬草匍匐前进
竹鸡撞飞在毛竹林的尖叫碎了一地
爬山虎在树干上的攀爬找到了
虎年的老虎发威
三三两两上了年纪的散步老者
见人总不自觉地眯缝着眼睛
此地太熟悉
不用介绍亦知根知底
甚至能猜到蚂蚁在哪搬家排成长队
恭喜你！你遇上的人非同一般
如若他看你入骨三分而又醉眼微睁
你可以大胆想象他是人还是神
山不在高有仙则名

无名小山空灵
俗常中又表现出玄幻
但明显春夏相缠难分难解
太阳也常在天空浮沉不定
可能有时还难免呛几口水
他吐出来的光捎带着泪

# 大托石瀑

孙猴子成功地腾空蹦出
五台山的巨石散落一地
散落成大湘西的大托石瀑
鳞次栉比的石瀑奇形怪状
似乎还走在西天取经的路上
是神是妖已经有些辨认不清
岁月在石头上流水刻痕
一块巨石一生要迸裂多少次
盘古开天的时候迸裂过
女娲补天的时候迸裂过
秦始皇修长城的时候迸裂过
每一次迸裂都是璀璨的绽放
绽放成灿烂的焰火满天的星斗
不过现在，这些石头毅然决定
永远地告别迸裂模式
它们已在雪峰山上立地成佛

# 金家洞

惜水如金是金家洞认准的信条
每一滴水都是孕育生命的精灵
从深挖洞广积粮年代走出来的金家洞
矢志如一地坚守着对宝贵水资源的开源节流
经历了几十年的风风雨雨
尤其是庚子鼠年漫长的雨季
大兴水利的同时必须革除水弊
金家洞以钢筋水泥大坝之肩
牢牢扛起了防汛保安的重大责任
巨大的弧形闸门智慧地开开闭闭
让暴涨暴落洪旱肆虐的一幕成为历史
从源头上坐实了春华秋实江河安澜
当三都河水欢快地流到黎阳桥下
溆浦粮仓观音阁大地一片灿烂阳光
诗人以家乡母亲河为自己命名
金家洞的恩泽哺育永志我心

# 怀化大峡谷

雪峰山并非是铁板一块
黄岩风景区忍不住一笑
怀化大峡谷凹凹凸凸暴露出来
玻璃栈桥窥探到了天空之眼
蹚过红尘的人群开始分流
花山滑草尖叫着亲子游戏
悬崖木屋里住着半佛半仙
高高的索道飞过鸟人的身影
峭壁巉岩在挑战现代徐霞客的冒险底线
云集廊桥走进岁月的风雨
钟鼓溶洞凝固了前生后世的千滴眼泪
白云蓝天是四季如一的美妙
红花绿叶是放眼望去的惊喜
谷底栈道打开了另一个世界
一片片青冈古树群落送君一程又一程
喀斯特地貌开发出一个避暑胜地
纵身跳下的瀑布追随诗仙太白而去

# 山下花海快乐谷

格桑花和秋英手牵手
走出了天生的孪生姐妹
薰衣草和马鞭草的夫妻相
着实令人着迷
玫瑰和月季
分明是一对争宠的嫔妃
这一座花卉的紫禁城
敞开大门热烈地侍候着
来来往往的上帝
寻花访柳的大王
快乐大本营
是湖南卫视当家花旦
如今深入山村
体验生活送戏下乡
快乐的原义
就是建立在速度之上啊
麦咭冒险乐园穿着洋装
迸射的青春伴着野性
把人间的快乐，推向了极致的疯狂
吃货们吃天吃地吃世界
又在小吃餐车一条街大吃特吃之后
再一次修订了明天的减肥计划

# 八面山

山太大
东西南北
宝贝你在哪
我被八面来风忽悠
忘了山的本来面目
高山台地
开阔得让我忘了湘西
忘了你取经的雪峰山
一直是云里雾里
可惜我一朵白云
流浪在蓝天
居无定所
更无法规划未来行旅
云上客舍漠视我是客
让我回到半月前
去云上找住所
我在手机上腾云驾雾
竟无人搭理
我让车轮停止旋转
强行降落在一家农家乐

主人见状
哎呦哎呦
客官你也难
住我卧室吧
我去搭帐篷
正好刚来一顶“印第安”
满足我梦里愿望
被日月星辰围绕伴随

# 山背花瑶梯田

花瑶民族通过挑花服饰把四季穿在身上
千花万卉和鸟兽虫鱼
都找到了永远的栖居地
这片诗意的栖居地在人间不停飘动
飘动在雪峰山上的万亩五彩梯田之中
山背梯田晾晒着千年的农耕文明
春夏秋冬变幻出季节的最美色彩
大山真不知海拔是高还是矮
明明像在天上
偏偏又是一片鸡鸣狗叫炊烟良田
满眼郁郁葱葱满耳泉水叮咚
日子真不知过的是慢还是快
老牛拉着犁铧刚刚垦出了晨星
转眼又拉来了夕阳斜晖照古松
一条条蜿蜿蜒蜒的旅游扶贫公路
正陪伴层层叠叠的古老梯田
艺术地展示和舞动着时代的波澜壮阔
山腰上一栋栋耀眼的星空云舍
仿佛兀立在石瀑绝壁上的鹰
预备着新的飞冲翱翔

# 山涧小景

八面山悠然在阳光下
袒胸露腹地晾晒惬意
背阴的一角蝉噪鸟鸣
安静得十分超凡脱俗
南赤爬扭动藤蔓爬成篱笆
绽放的小金星向季节纵深闪烁
水竹和荨麻抱拥成团
相互映衬下如梦似幻
凹叶厚朴的阔叶密集而宽大
只等风来开启雷鸣般的掌声
野梨已让成熟的甜笑傲枝头
苞谷粒粒饱满的爱抽出胡须
紫薇邀约秋英唱出心中的歌
业已在悠扬中一些花瓣抖落
山里人家端出油粑粑烤全羊
乡音与空气顿时弥漫了醉人香

# 云端上的作家小屋

相不相信文学会长出羽翼
能带出林海小木屋振翅高飞
因被作协主席的烫金大字点名
作家小屋从丛林中站出身来
湘西雪峰山东北麓一隅
一个叫满天星的地方
充盈着仙气和书卷气
我第一次听出鸟兽虫鱼的对唱
原来是在比拼子曰诗云
当作家的生活深入到云海天庭
他的诗歌与小说
就会在人间引起巨大的回响
连流水账一样的日记式散文
也会像屈原行吟的溆浦
和茶马古道走过的沿溪一样
地名中涉及的文字都水字当头
在似水流年中亘古流淌
从古至今的文人骚客的标配
左手风雅颂，右手诗酒茶
时髦就时髦在精神和物质的同研双修

你尽可以大口大口地吸风饮露
丰沛的负氧离子充满了正能量
举起花瑶土碗把酒临风
分分秒秒引来蜂蝶乱舞
传说中镇住了现代人三高的瑶茶
正在原生态发祥地茶园疯长
高山台地上三口老水塘睁开了天眼
悠闲地垂钓着星辰大海
原以为当年的文青梦早已做醒
几片甜甜的萝卜白菜就捅出了事实真相
真相是，你与我
至今还萦绕在云端上的作家小屋
喃喃自语，深度梦游

# 山村小木屋

山村小木屋在远去
走向雪峰山的深处
也许是被老木匠带走
老木匠弹奏准线的双眼
两点一线，已经弹不准
瘦骨嶙峋的双手
刨不动材质到家装的转折
三叔公门口悬挂的锯早已锈蚀
沉睡在回忆里咬牙切齿
那柄钻眼打孔的木钻
再也打探不到樟、梓、楠、椆
内心的火热与电流
是从哪一栋爬满青藤的木屋爬出
飘忽的印象杳如黄鹤
呈现在眼前的木屋
陡然给我一个背影的提示
让我在大海上搜寻
山村小木屋带着一生的补丁
一世的沧桑
接受了绿意盎然的掩映和欢送

慢慢地走远
慢慢地淡出
未留下一次回头一次回眸
这一刻甚至没有一丝风
天与地同时达成了静默

# 杜鹃草堂

杜鹃花开出火红的记忆
万里长征的关键节点是通道转兵
一位当代伟人在恭城书院站起身来挥动巨臂
中国革命从此从胜利走向胜利
翻开草堂这部原生态的辉煌史书
震惊世界的一幕顿时激流涌起
巍峨的雪峰山连绵起伏
百年木屋在四面青山下深藏怀想
渠水在名叫县溪的地方霍然解开了心结
牵出一溜溜清浪快乐地远征
引得草堂里的一块花岗岩巨石
陷入无法自拔的追梦之中

注：杜鹃草堂坐落在湖南省通道侗族自治县县溪镇，为著名的红军长征通道转兵纪念地。

# 五龙潭

一条河流的长度流水知道
五龙潭的深度世人难测
秋风徐来，微波荡漾
国家湿地公园展现出灿烂的笑容
在笑容的背后
排牙山林场的绵绵青山
如牙齿般排列得熙熙攘攘
借一条小船
深入到五龙潭的内部
渠水永久性河流和五龙潭库塘湿地
组成的复合生态系统
湿润了我们的眼睛与衣裳
桢楠、香樟、中华结缕草
黑耳鸢、小鸦鹃、虎纹蛙
斑鳢、镇海林蛙、池鹭
还有游来游去的鱼儿
共同装饰了动感的画屏
一只月亮湾的画眉鸟飞出了画屏
鸣叫声中带着苗风侗韵

# 溆　水

境内的所有溪河
心怀宏愿
纷纷涌进溆水
三都河入口处
江面铺展苍茫
天气预报今日有雾
能见度还算不错
屈原与舒新城隔河相望
楚辞和辞海默默对歌
我脚点浮桥
翩飞于虎年正月初四的凌晨
灯影婆娑中身姿斑驳
像一个音符
不知从哪曲辰河高腔里飘落
也像一枚铅字
不知在哪部鸿篇巨著里迷失
眼前的某个时辰
节气刚刚抵达立春
两只耳朵常年高挂户外探测
灵敏如雷达

同时发回了春归也的神秘电文
不过也带来了冰雪消融的凛冽
有点冷艳有点刀割
中国好人广场打开的一些面容
徘徊在熟悉与陌生之间
但脸上春风荡漾的微笑
都是最真最纯的溆浦土话
正如警予学校激越澎湃的校歌
全世界都听得懂
沿着堤岸灯杆上
中国结和五星红旗
合力指引的红色之旅
天越走越亮
地越走越绿

# 玉带河

通道侗乡犹如一条玉带
有着翡翠一样的颜色钻石一样的光泽
四季陷落在明媚春光里拔不出来
鹰击长空鱼翔浅底的幻影再度呈现
野生的闽楠、银杏、金荞麦和花榈木疯长
白颈长尾雉、鸳鸯、白鹇和东方角鸮
建立了属于自己的家园
芋头寨正深入到
芦笙和合拢宴的内部发呆走神
八月丹桂香携来一曲侗歌向着北京歌唱
玉带河又忍不住与四面群山一起
开始了翩翩起舞

# 渠　水

渠水国家湿地公园故意给我出难题
以不时出现的珍稀动植物和生僻字
让我这个乡村老秀才张口结舌
比如榉树、黄连木、野菱、萍蓬草、苦苣苔
比如尖头鱥、青鳉、岔尾黄颡鱼、中华纹胸鮡
面对渠水我是如此熟悉又如此陌生
这一偶然发现令我大惊失色
一扭头跳进金龙峡去生态漂流
借清清溪水洗去一身的尘埃一脸的羞赧
高椅古村像一张巨大的太师椅
究竟坐过什么高人至今是谜
鹰嘴界是从鹰嘴里掉下来的吧
那是一块巨大的肥肉
听说把它的负氧离子装成空气罐头
就可以养活很多人
我本来还想说些什么
九洞风景区睁开九只眼睛看我
我立即闭嘴，因为那九个象形天然潭洞
更加高深莫测了

# 小　溪

蚯蚓般拱出地面
在城市的低洼处
汩汩流淌
如同敲打报更的木梆
轻声地喊着平安无事
一路上身体不断地扭动
尽可能巡查到更宽的区域
也不想错过
犄角旮旯处的风景
雪峰山的一条血管
已然跳出了体外
太平溪头顶着十二座山塘水库
庄严地向太平洋宣誓
要守护一方安澜一方平安
当汛期来临
沿途花草树木都跟着小溪呼啦啦奔跑
在某个坝口
小溪跳起来吐出了蛇信子
仿佛天下万物唾手可得
太平溪突然拐了一个大弯

心情平静下来
回归到太平的本源
猛虎下山似的山洪
溪湾深潭处喘上几口粗气
乖乖去鹤鸣洲入江口
你推我搡地有序排队
一只野鸭箭一样射过水面
大概是表达丘比特之爱吧

# 溪　畔

清溪里鱼虾嬉戏
逆着流水
我在溪畔游走
对抗着岁月的风
兰草长了一路
老花眼里仍是两瓣青葱
古人走进了面具
傩文化搬进非遗
明清的知府喊着升堂
有布衣连忙下跪
你向我挥一下衣袖
翠翠楼顿时浮出
香艳了玉笛古筝
白墙黑瓦亮出秦月汉关
唐宗宋祖摸进厢房打坐
露天温泉泡出了杨贵妃
而且一个接一个
山水实景舞台横跨两岸
神秘巫师在鼎上画符
鸡鸭鹅一只只野性十足

争着做群众演员露半个头
远山如黛中看到了你的明眸
泪花闪烁着爱与哀愁
老井的井水翻过了井沿
清澈里淡出遥望的梦
叠翠兰亭已把我心装得满满
轻唱的晚归步履蹒跚

# 清江湖

潕水与清江的汇合并没有带走一切
留下一汪湖面波光粼粼
从电站大坝鱼贯而出的水
经过发电机组的再三挽留
也把浓浓的爱心
升腾为暖暖的电流
温暖和照亮了
千里万里千家万户
东方白鹳、松雀鹰爱上了这一爿湖
小酸浆、灯笼草和雀麦
坚持在大地母亲的怀抱里发力生长
黔阳古城端坐在岸边
不动声色地托举出唐代芙蓉楼
芙蓉楼上
龙标县尉王昌龄正与诗仙李白欢聚
一边觥筹交错
一边诗赋唱和

# 深子湖

袒露出全部的美
最好选定在夏天
白云蓝天与青山绿水
在舟筏的马达声中
突突突地翻腾出浪
打湿你兴奋的眼
前生后世的心事全部凝滞
往后余生的选择
也就留下这么一个出口
两岸对望的山伸出手来
数度要攥住命中的桨叶
碧波万顷微风荡漾
人与救生衣肤浅在湖的表面
旧船上锈斑在回味深层次的蓝
花鲢和黄尾鲴携手集体下潜
去静候未来可期的肥美丰产
山上大片的紫云英开过了季节
云端上的木屋乘机淡出天边
与一拨拨游侠吃货私聊炊烟

# 犀牛塘

一股清泉钻山打洞
万里江天穷追不舍
犀牛不见
留下两口鸳鸯山塘
水光悠悠潋滟
犀牛可能在泗水洗澡
黝黑的背影似现
一别两宽
在我的梦里你荒凉千年
人生相忘巍巍雪峰山
当笔的日子过得潦草
诗歌就开始凌乱不堪
我有话欲言
却堵在喉管里兜兜转转
城市化化到眼前
久久触不到脚踝
阡陌风光中依然鸡鸣犬吠
朴拙自然宛若月亮上的山水
七月炊烟汗湿了上半身
拨拉出几栋青藤木屋

飞檐翘角的直播小院
如仙女昨夜集体而来
正叽叽喳喳密会商谈
誓将爱与温情洒满田野
绯红的表白莺莺燕燕
如古筝琵琶倾诉在怀
把我的一曲相思怦然弹断

# 丹　泉

传说一只红狐狸为了初恋
纵身跳崖
把自己跳成一抹丹泉
丹泉酿出了酒
还是一团火焰
液体的火焰在洞中修炼
百十里外都闻到了爱的芬芳
在你醒来的早晨
天空中红霞满天
我看见红狐拖着长长的尾巴
神仙们也没能躲过大醉一回
一只小鸟啾啾叫着冲我一笑
它竟笑得那么跌跌撞撞
迎面而来的人
我会递上一声问好
给我一个背影
我也能把他叫醒
醉得最重的人爱你最深
爱你用尽了我一生的酒劲
君勿在醉眼蒙眬中迷失了方向

半醉半醒是一种境界
浅饮小酌虚拟了流水人家
一团火温暖了我们照亮了我们
我们谈天说地
不要谈论爱情
爱情是一份深重的担当和责任
不是你想放纵就可以放下
一个干杯的“干”字只有三画
须记住要对“杯”字右边说声不
修炼为什么要选择洞藏
理由简单得你不能脱口而出

# 梦游嘉陵江

一首歌正好出现在青涩时光
少年的心被歌声网住
网里有鱼有朦胧的爱
小兔触树般的冲动说不明白
桂花树排着队等待八月香
地肤和积雪草大片大片地染绿夏天
鼠尾草开出的尾尾花很生肖
绣线菊抛出的绣球小得无奈
我胸怀一江春水使劲地流
想流到朝天门投身长江
幸福是什么要自己把握
四十二度高温不是最好的理由
菲油果在行走中找到因果
朱唇花在唇膏里浮现快乐
我成熟的思恋满是植物学的韵脚
像天门冬的青绿淡成一团雾
马缨丹的彩伞一打就是两三把
迭迭香透出的暗语太霓虹撩人
岁月里有谁在不断走失
静水流深淘空了尘世迷梦

当蝌蚪游掉了尾巴蜕变成蛙
回眸一笑是不是一场笑话
天可见我还在以蝌蚪之力
江水中咬牙坚持着游啊游
定游到朝天门与你相拥

# 喷　泉

一些水在池子里短距离转圈子
它们从管道走出从地下走出
从寻常的缄默时光走出
试探着告别隐忍的《道德经》
告别宿命的水往低处流
在某种音乐和灯光的怂恿下
一跃而起，蹦跳不断
冲刺出从来没有过的高度
还不断变换形状和花样
垄断了整个舞台的主角
谁在天地间舞动双臂神秘指挥
音乐喷泉的群舞翩跹迷人
缥缈的花朵，纵情的欢乐
每逢入夜时分每逢佳节来临
绽放得璀璨夺目美丽辉煌
当柔情之水完成对自我的挑战
古老的老庄哲学获得了新的硬笔书写

雪峰山的黄昏

# 辑四 花草盎然

# 金缨子花开湘妃山

娥皇和女英追随舜帝去了天国
溆水之滨留下了湘妃山
作为千古情爱的见证
青青斑竹也在流逝的岁月
和散失的诗歌中远游
只有洁白的金缨子花
开满了四月开满了山坡
总有一些花在绽放的途中遭遇劫数
总有一些花在风中零落
更多的花美丽着春天也美丽着自我
为了遥远的成熟之梦
一直做着美丽的坚守
从花朵走到果实是一条漫长的路
就像是当年的唐三藏西天取经
我明白了你为什么
从藤条到果实都布满针刺荆棘
为的是要过五关斩六将
杀出九九八十一难
历尽艰辛修成正果的金缨子
没有液化成泪滴而是液化成琼浆

因为积聚了太多的天地甘霖日月精气
金缨子王酒仿佛仙逝的舜帝
在湘妃山起身复活
他下达了第一道诏书
拯救当下的三高人群

# 雪地红梅

可能因为用力过猛
思念力透纸背
误闯入季节的背面
盛夏七月烈日炎炎
我遐想的天空雪花飘飘
灿灿烂烂的一树梅花
冲着我的笑大朵大朵
我提酒二两
邀来黄昏月亮
欲与一树梅花对酌到天亮
朵朵梅花抿动樱桃嘴
绯红的颤动欲言含羞
雪花在我身上码字
变换队形向诗歌靠拢
我已被一树梅花照出原形
形销骨立又手舞足蹈
幸亏北风有所不忍
没有一口将我叼走
沉浸于新的事物变迁
人生的扉页悠然翻开

你重启了岁月的白里透红
我相信夕阳不老来日方长
愿与你刻骨铭心地凝望
一树雪地红梅在眼前绽放
春天又浓墨重彩将大地探访

# 安帮合作社的芍药花

是春天开出了芍药花
还是芍药花开出了春天
这两种可能性
让人眼花缭乱无法选择
村民小组长，基层政权中忝列末位的官
带着三百多名穷哥们成功逆袭
在干旱贫瘠的土地上
巧手丰收了一项美丽产业
芍药花盛开着媲美牡丹
远近的游客纷至沓来
毗邻的桑树不甘落后
阳光下晒出大串大串的桑葚
恍如珠宝巨商在炫富
花丛树下，飞出一只又一只雪峰乌骨鸡
把对天然放养的欢乐颂歌
一直唱响到自己的骨髓里
为了不辜负这一片春色
睡梦中，也在朝着凤凰的目标扑腾
春花秋月从来只囊括了部分的美
假如你对芍药知根知底
它更大的骄傲尚埋在地里

# 三角梅

冒尖的枝条能跳多高就跳多高吧
花朵跟随你到天涯海角
鲜艳的香吻吻上你的额头
凛冽的北风也无法擦去
同伴们都在齐声叫好
太平溪的掌声鼓到心碎
现代植物越来越园艺化人工化
被养得精致雕琢弱不禁风
不取个洋名也得取个艺名
安个假睫毛拉个双眼皮
相比之下立见高下
三角梅从名到实保持着天然本分
自我激励着野蛮生长
藤状灌木从热带一路爬到雪峰山谈何容易
寒冬里还要绽放出自己的凄绝之美
叶子们拽出内心的叶绿素拼命地绿
柔情似水的花瓣也头顶着头
顶出一个个铁三角

# 桂花香迟

开得比以往晚滞
香得比以往幽微
早行人起在黎明前
天上星星探出了眼
飘来一絮熟悉的香气
宛若抓不住的游丝一缕
时令已然抵近重阳
那浓郁的销魂久盼不来
丹桂还是该红就红
银桂还是该白就白
金桂还是该黄就黄
拨开枝叶见到的颜色
怎么左看看右瞧瞧
都带着一份羸弱一份忧郁
大旱干涸着三湘四水
雪峰山咬紧牙关扛着责任
来了风来了凉没来雨的消息
草木鸟兽在坚持着发出叹息
桂花仍然守住国花般的风格
倾尽最后一缕心香报效人类
早行人翘首与星星深情对望
天地间被纷飞泪目生生打湿

# 又见桃花开

山谷的桃花放声大笑
大山的掩护十分有效
山顶人家还在望着天空发呆
殊不知鼻子底下的桃花早已盛开
有一些季节注定成为热点
错过了就只好再等来年
既然你一生命犯桃花
千错万错也别错过三月桃花汛
洞口桃花笑煞古今多少痴情人
又有谁能更改梦游桃源的宿命
彩云之南与多彩贵州都彩在天边
何不面对现实躬身垂首
趁早掬一捧雪峰山上的融雪
浇灌得桃花的盛开更加奔放热烈

# 山丹花开

大山阻隔
隔不断
梦游陕北
山丹丹花开一片
时值六月十七日
提前准备的花海
泪奔我落英缤纷
我有三万个汉兵
和一本《康熙字典》
又清仓见底了修辞
形容不出你的美
山丹丹花开红艳艳
长安城内外排队改姓杨
杨花落尽子规啼
我在夜郎邀李白
陕北一片红土地
我为一朵花儿醉
丹丹你莫走
容我慢慢说
走过万水千山

柳暗繁花似锦
头一回金樽过头顶
从头到脚唱大风
滴落全是离人泪
陕北北斗七星
指引我一生航向
见到你双腿提不动
好像踩不起油门
诗人何等天日昭昭
只因梦游一面
吾辈的生活
天天风雅颂

# 蔻橙花开

谷雨时节的雨终于按下暂停键
一些白云又被蓝天弹拨得跑了调
随意溜达的音符
令我心猿意马
在手机隐形连通的那头
蔻橙花开得正艳
洁白而芬芳的诱惑
把眼睛逼仄，将鼻子拉长
柴米油盐家长里短的俗世生活
不知被哪一阵风
吹得七零八落
我骑一匹快马，甩下更多
甚至不愿回头
“喂喂喂”断断续续传来的雄山与青山脚下
观叉垴上一波一波的纯白香阵
已熏得我仙风道骨，闲云野鹤

# 山茶花

五颜六色的山茶花聚在一起
春天的心事被晒了出来
太阳打着镁光灯忙得团团转
咔嚓一声把中坡山花海定格
走过了冬天的山茶花喜气洋洋
大花红山茶春风十里赛过牡丹
冬去春来飘过了四场大雪
雪花不忍离去的猫步很明显地少年怀春
煽情得迎丰公园百亩梅林落英缤纷
自古红花与绿叶都有妩媚配对
你莲步轻移穿越我昨夜的梦境
在你的鲜艳夺目面前我大惊失色
一只蜜蜂居然被芬芳的花蕊击得心碎

# 辰溪金银花

没有哪一朵花比金银花更能代表财富
辰溪金银花说不出的实至名归
雪峰山数千座山峰开出数千种花朵
辰溪金银花开出了国家地标的骄傲
罗子山的金银花从春开到秋
仙人湾的花农一天一天过上了仙人的生活
自从入列了预防“新冠”的中药配方
金银花在辰溪大地上更加卖力地铺金铺银
大湘西地区的男男女女在茶余饭后谈论着家花野花
最绕不过的话题还是辰溪金银花

# 一丛野花

一蓖小飞蓬开得灿灿烂烂
像是从远方穿越而来
全不顾季节已扎进寒冬
缤纷的花朵飞溅着星空的记忆
又仿佛飘来了雪花要探访春天
坚持到最后的狗尾草
在深受鼓舞中翘起发黄的尾巴
放下身段的斑茅已开始泛红
仍死拽着青翠的割感不放手
鬼精鬼精的鬼精草为抢眼球
适时亮出了自己欲放还休的花苞
匍匐在地的苦苣也不示弱
兴奋地摊开了一千只手臂
声明它已成为现代人的一盘好菜
诸多兄弟姐妹的激情加盟
把小飞蓬捧成了骄傲的孔雀
看得我生怕它鼓翅一飞
一下就飞过了太平溪潕水河
飞过了中坡山雪峰山
留下我孑然而立
用影子鞭策内心

# 满天星

雪峰山东北麓一隅
被鬼斧神工布局谋篇
十数栋明亮的小木屋和树屋鸟巢
散落成天边的满天星
满天星闪耀在天堂与人间的接合部
登天的俗人与下凡的神仙
时常聚在这里猜拳行令举杯推盏
鸟语花香人语喧哗不能形容它全部的热闹
车水马龙络绎不绝也只道出了尘世的繁华
一名退休教师和两个打工返乡的文青踌躇满志
面对村口的大枫树集体许下宏愿
要凭着爱心、智慧和韧劲
献出全部的绵薄之力
拉近天堂与人间的距离
以现代经营谋略滚出巨大雪球
以人间炊烟催生出天堂的丰盈富足
带领众乡亲脱贫致富成仙成佛逍遥快活
天遂人愿从来不会全是虚妄
在离天越近的地方越容易变成现实
现实是溆浦满天星生态养生景区声名鹊起

四面八方的游客纷至沓来
当千年茶马古道走进了幽深的情人谷
行吟者境界提升到缘溪行忘路之远近
桃花和杜鹃花因忘记季节而落英缤纷
一个陶渊明的世外桃源再次隆重复活

# 一年蓬

该开花就开花
该结籽就结籽
短暂的青翠
腰杆挺得笔直
该发的枝丫
尽情地发
日子拉不出长度
那就打开宽度
身前身后事
全部交给根
在未知的深处
闯荡新的生命
既知草木一秋
一出生就倒计时
奋力逆袭突围
种子撒满旷野田畴

# 忘忧草

走在赶往夏天的路上
灿灿烂烂热热烈烈
春去也何须感喟
鸟雀的叫声满怀憧憬
蝈蝈的吊嗓也很励志
山塘里的蛤蟆躲在暗处
费劲地咕咕几声表示首肯
虎年小日子还长得很呢
有的是阳光有的是雨水
夏日的丰富一抓就是一大把
包括青绿包括浓荫包括忙碌和汗蒸
禾苗和瓜果都拔腿奔向成熟
成长的少年走出了怀春
行吟的诗人吻别了闲愁
在夏天就是要甩开膀子大干一场
干出一个金秋翻滚稻浪
只要好好地把握现在
何须忧心明日黄花
忘忧草一朵一朵吹出欢乐的喇叭
桂花树和红叶石楠会意微笑
躬身投去赞许的目光

# 风车草

秋风暂歇，夕阳西斜
寒露将至而高温不退
风车草寂静下来
在黄昏里开始了生命的深度思考
时光荏苒又过了一个春夏
季节再三挽留不住
也总得翘翅记忆的尾巴
大地欲望焚烧
已无法冷静地区分四季变化
风车草仍然翠绿
却转动不了童年的梦
迟暮的美人蕉叶片泛黄
火炬般的花朵
不知飘向了哪一块云朵
夹杂其中的钻叶紫苑在努力结籽
全不顾身体日渐枯槁
而作为藤本植物的劳豆
始终坚持着在缠绕中攀爬在攀爬中缠绕
生活提供的舞台不分大小
人人都是自己人生大戏的主角

世界注定是一场生生不息的演出
风车草挽起美人蕉的手
不再迷茫，不再感伤
安详地置身于城市的一角
轻跳起那年那月的《天鹅湖》

# 野草射箭

不知是谁举臂一呼
野草们呼啦啦团结一致
愤怒地向天空亮出家伙
眼看就要齐刷刷万箭齐发
虎年八月下弦月紧急搭弓
嫦娥又与后羿遥相配合
斑茅草和小飞蓬一马当先
发誓把东海龙王生擒人间
夏秋连旱也不是这么旱的
摆明是水晶宫尽出幺蛾子
若不乱箭射得天庭震怒
该死的敖广捋着白胡子
可能还在太平洋悠闲溜达
三湘四水已是两月无雨
雪峰山肃穆着欲哭无泪
日日艳阳下连滴泪水亦足够珍贵
大面积的黄大面积的枯铺天盖地
鱼米之乡的鱼与米皆在受罪
苍松翠柏发出的吼声略显干涩
千千万万累坏的腰弯成弓背

凌霄宫可能多少了解了人间疾苦
放风过两天试探施舍点毛毛雨
听到消息的野草们欢呼雀跃
一夜间把弓箭晋装成榴弹炮
要执行人工增雨计划大干一番

# 狗尾草

把尾巴翘到天上去
小草自带狂放不羁
风来了雨来了
一点也不畏惧
风雨中的摇曳和晶莹
更显豪情洋溢
只要一口咬住大地
人生从容应对四季
立秋日捧一束狗尾草
毛毛迷毛毛迷吼几声
一些小虫子爬了出来
像睡梦中惊醒的战士
红着眼愤怒地四面出击

# 野菜还乡

野菜们拉起的队伍
看起来稀稀拉拉
但它们归心似箭
春二月已走在还乡路上
酢浆草打出的旗帜
尚不知是赤是黄
就开始你推我搡
兴奋得鸟雀叫春
苣荬菜刚露了个头
便剑指回家的方向
蒲公英在手忙脚乱寻花伞
水芹菜为抄近路走水路
车轴草谋划着夜间赶路
在白天也打着炽白的灯笼
黄鹤菜摊开所有的手掌
表达了追随队伍的强烈愿望
野莴苣小步子跑得信心满满
发誓要甩家中的碟盘几条大街
走在最前面的诸葛菜趾高气扬
有血脉里千年不老的军师指点
它们相信自己一定能成为
重返人间炊烟的一道金牌大菜

# 凤尾竹

传说中的凤凰扇动巨大的翅膀
义无反顾地扑向熊熊烈火
瑰丽耀眼的羽毛散落一地
人世间下了一场漫天大雪
一根深埋尘土的竹鞭听到了召唤
遥远的春雷炸响着滚滚而来
小小的竹笋家族齐刷刷拱出地面
每一枝新长出的绿叶
都在呐喊中摇曳成美丽的凤尾
浴火重生一飞冲天的梦想簇拥成堆
让所有钦敬者只能望其项背

# 芒　萁

太多的心事
簇拥成团
枝枝叶叶活成梳活成篦
要好好地梳理一下这个夏天
天空昏昏欲睡
溪河高音暂歇
反复滑过一些雨水和泪
根茎拉紧着地心的警报
可能烈日转过身穷追夸父
想把他暴晒几日制成标本
像一只干蝴蝶粘在白墙上
选择了精神层面永远地飞
精致的芒萁拿定了自己的主意
誓与雪峰山死守只此青绿

# 黄花菜

倘若在世上不发出点声响
还叫什么萱草
倘若不懂得觅寻快乐
还叫什么忘忧草
站着的黄花菜不怕凉
内心的温度足可以温暖人间
它们合奏的欢乐喇叭金黄金黄
几乎吹得日月星辰天旋地转
桂花树和红叶石楠不离不弃
守望着花开花落一晃数年
海桐树和紫叶李的瞩望高低起伏
只为捧红的网红红得发紫绿得流油
运动场和儿童游乐场就在身后
生生不息的人生随时掀起新的风浪
闹中取静与静中取闹都是智慧选项
跌宕变幻的岁月自求心性的平衡
名号越多越证明了天生丽质花开富贵
黄花菜在路边走一遭也走得热热闹闹

# 垂　柳

一棵垂柳从诗歌中折身回到现实
不再那么文艺那么轻飘飘
生活原本是硬通通直挺挺
哪有那么多病恹恹软绵绵
一切都像这悠悠太平溪流水无声
该来的会来用不着你热切地呼唤
该去的会去你再怎么挽留也挽留不住
回到现实的垂柳似乎一下子豁然开朗
感觉自己从头到脚一身通亮
谁知一阵风儿不知从哪里吹了过来
根根柳絮又情不自禁地开始了腾云驾雾

# 拜谒楠竹王

楠竹王号称是一面流动红旗
流来流去没有流出雪峰山
没有流出大将故里金竹镇
那一片丰腴的沃土茂密的森林
大湘西三千座山头鳞次栉比
此山望见彼山高也是常理
楠竹王摒弃了朝秦暮楚心猿意马
专注于这一方土地打磨深耕
三十年如梭光阴白驹过隙
几个阅尽绿水青山的五溪骑行客
牛年冬至日再度专程造访拜谒
新一代楠竹王伟岸挺拔
稳稳当当地拿下了坡脚山村斑竹坳
世袭的荣誉闪耀着吉祥的光芒
楠竹王迈入新时代的铿锵步伐
犹在山谷震荡
一尺七的围径虎背熊腰
九万丈身躯直入云霄
仰头一望，天空被一支竹尖尖拨弄得团团乱转
其中一些云朵碎成了流星碎成了雨雪

碎成了春花秋月四季斑斓
碎成了蹁跹篾片舞金龙
碎成了锦绣竹篮盛牡丹
碎成了豪门盛宴玉兰片
碎成了养生秘品氨基酸
乡村振兴的锣鼓已敲得震天响
新竹王又在谋划新的挂帅亲征
誓师向着科技开发生态开发高效开发高歌猛进
听得见百里竹海一片沸腾
摩拳擦掌的楠竹大军群情激愤
株株楠竹都在主动请缨参战
其中请求打头阵的楠竹还抱起了团
竹林三结义自成一处绝佳景点

# 南方有嘉木

桃李梅橘柚橙
身着绿装站成方阵
统一接受了数字化管理
现代化智慧果园
在南方有嘉木闪亮登场
土肥水种密保管工
农业八字宪法神秘再现
集体亮相于田野集约经营
溆水河畔碧浪拍岸
受降名城一片沸腾
水肥一体灌溉体系
生态农业防控体系
轨道车运输体系
可视溯源追溯体系
上天入地阡陌纵横
早湘油蟠桃早美脆桃金湘黄桃
桃之夭夭灼灼其华成经典
垂涎得王母娘娘匆匆下凡
要亲自主持幸福人间蟠桃会
青秋脐橙柑橘皇后香妃橙

宝石蜜李南非西柚黄金梨
数十个品类传承古今推陈出新
土洋结合东西合璧交相辉映
果香飘四季天天采摘节
棵棵果树青春焕发风情万种
豪迈出示的身份证独一无二
游人食客车水马龙排着长队

# 弯　松

宁折不弯并非是全部选项
松树的风格又添了另外一节
生命的强劲岂止于凌空生长
四面八荒皆可以开疆拓土
几场大雪把两棵青松压弯
两棵弯松又青翠着走过一个春秋
地下的根是否早已连在一起
在不为人知的地方彼此温暖互相激励
哪一个岁月不是夏暑冬寒
哪一次征程不是风雪弥漫
历尽千灾万难仍留青山常在
踏过千山万水依然人生豪迈
两棵弯松永葆一副衷肠直挺
又大笑着迎接新的黎明到来

# 殇　松

命运是条鞭子
在身后抽打
脚下是条滑道
不知滑向何处
彼岸夏花灿烂
叹息无法抵达
两松一老一少
在坚持中煎熬
青绿一去不返
残红凋落浓墨
山塘浮不出神龟
水面暗黄不语
野鸭和家鹅
集体达成沉默
身旁大树小草
谨慎保持距离
万物皆已放弃
尔等谁去渡
站着就是风景
无关岁月丰枯
躺倒亦属自然
自求精神轮回

# 六棵松

咬不咬饵
鱼儿还在犹豫
库坡上站成一排的六棵松
在干着急中
已经憋不住了
它们想蹚过水面
去看个究竟
对面垂钓的两个男人
蹲守得像一对秃鹫
雕塑在岩石上
他俩的耐心与水面一样大
容得下所有鱼鳖的尽情嬉戏
他俩屏声静气地呼吸
让岩门公园的岩石
成点成块成面
带着泥土和杂草暴露出来
远处的巨臂吊车
吊出了城市的一角
同样让六棵松痴迷
六棵松抱成团相互激励

相约都长成参天大树
要看看城市和雪峰山的全景
六棵松想得越深
根就扎得越深
董家冲水库的一拨野鸭
飞速蹿过水面
那一刻六棵松一跃而起
翱翔在半空中
排成战斗编队

# 三棵李树

在繁华落尽的日子里
也不觉得寂寞
三人成众
岩门公园的三棵李树
倚靠在春天的黄昏
做着不醒的春梦
大千世界万象纷繁
它们只钟情于脚下的土地
相守相望雪峰山
何曾负我一生
三棵李树自成风景
这三美人，纵情弄春风
想开一树花就开一树花
想吐一树绿就吐一树绿
半叶半花半羞半开
又有什么不可以
盛世华夏谁能忘李唐
李树有李树天赋的高贵与大气
三棵李树站在路边倚靠黄昏
恣意流露出的美和得意
仿佛天下本来就是它们的

# 冰糖橙母树

原来祖孙十八代
竟可以并列生长
雪峰山下的一号母树
又在孕育着新的希望
山南水北谓之黔
旱雨洗亮一轮好太阳
听到千树万树风中唱
黔阳是个好地方
母树是冰糖橙老祖宗
历尽自然雨雪冰霜
饱览市场风云跌宕
依旧枝繁叶茂
赠我一身荫凉
附送七月青果浮暗香
几度兴奋人影摇晃
平白又添些许惆怅
此生若能活成百年树王
许你一棵　许我一棵
梦中的你我执手同游
泡在幸福甜蜜里春心荡漾

# 枫　叶

对一座城市的期盼与展望
香樟、水杉和枫树都高挑起来
红绿相携的跑道入驻了城市
千屈菜、钻叶紫菀和风车草
也从内到外转动了年轮加速奔跑
腿杆子长的枫树跑在了最前面
在深秋时已预热得红光满面
正名叫三球悬铃木的法国梧桐热烈鼓掌
由于用力过猛
狗牙根、乌蔹莓和吉祥草上
竟到处留下它们掉落的手掌
大多还是一半淡青一半枯黄
看得踮起脚尖眺望的美人蕉
一身憔悴，满眼泪光
幸福的人！早早出发
在金秋为自己准备好了一袭红装
沐浴着夕阳余晖渔歌唱晚

# 又见罗汉果

刚才是刚才现在是现在
阳光灿烂转瞬变身雨打黄昏
雪峰山宝刀不老雄心犹在
已不满足种瓜得瓜种豆得豆
黄松坳古村在雨雾里沉吟
不知又在诵念哪一部心经
田野上一蔸蔸刚长出来的青苗
好像在齐声轻唤“菠萝蜜”“菠萝蜜”
钢筋水泥竖起的庞大棚架
硬邦邦地提升了青苗们的理想
沐浴着阳光承接着雨露
蔸蔸青苗在春夏之交暗中使劲
朝着八百万罗汉的方向甜蜜生长
乡村振兴的进军鼓点敲得比雨点还急
共和国又有一个年轻县跳出来
猛秀着肌肉要展示中方力量
邂逅五月七日想起“五七指示”
重新学习勤四体分五谷看年成
躬身走进棚架下端详青苗的脸
隐约瞭望到华诚生物在其身后站成巨大靠山
八百万油亮亮金灿灿的众农号罗汉果大军

齐刷刷奔赴千里之外湘江之畔
欢跳在现代化流水线上凯歌高奏
职院王教授正好赶上这场黄昏雨
以雨帘为背景上了一堂智慧大课
青苗和乡亲们听得频频点头
就我一个门外汉云里雾里

# 柘

一棵柘树摸到路边
制造了一场与我的邂逅
小小的身子骨初长成
吐出的翠碧令人眩晕
雪峰山数了数三千座山头
岩门公园小山坡很不起眼
因为这棵柘树的挺身而出
鹤城一下子崭露头角
一声呼啸之中
重返白云之上俯瞰苍茫人间
柘是木石的结合也是木石的传奇
有道是桃李不言下自成蹊
今呈现柘树不言下自成溪
太平溪伸出的触角一路向东
很可能触碰到了柘溪水库
柘溪水库捧出深秋的绿水
经过与水电机组的一番缠绕
以清洁能源的生命形态为人类充电
郁郁葱葱之中一棵小小的柘树
活得明白活得顽强
一粒种子能让巨石裂缝

一条根须能让岩山开门
只要保持信念的温度
即使被历史的风波掩埋千年
也会活成化石活成钻石得到永生

# 落　叶

落叶并不止于落叶树
没有一片叶能够坚持到永生
常青树的叶同样会一片一片地老去
排着队分期分批分年度地凋零
生老病死是一种自然铁律
所有生灵皆不能置身事外
我看到的落叶没有一点颓色
甚至听不到一丝叹息
曾经翠过绿过油光满面过
太阳和月亮也曾惺惺相惜
现在要对根的情意有所回馈
这是一段生命旅程的最后壮举
落叶没有悲哀没有惆怅
在凌空高蹈中奏响了天堂福音
来自泥土又还归泥土
换来了大千世界的生生不息
大量的黄叶被秋风带走
要帮助树干挺过寒冬
也有一些枯叶现身于春天的枝头
大笑着纵身跳下
感动得大地四处花开

# 喜　树

一丛一丛的新叶
密集地爬上三月
通过枝枝丫丫
一串一串地分头占领
一天天向一树翠绿逼近
将春天的宣言举过头顶
每片叶都对着天空大口呼吸
华夏特有的高大落叶乔木
以速生丰产之优良扬我国威
生为喜树就从不可以言悲
在冬天失去了的一切
春天会加倍地补偿回来
人生即便是赤条条来去
也要饱蘸着风雨阳光
纵情铺开江天大地的寥廓
酣畅淋漓地泼墨几笔

# 附：评论

## 涉江吟咏的人

◎谢　冕

诗人王行水，湖南溆浦人。溆浦地处湘西，沅江自黔阳北上，至大江口纳溆水经辰溪再入江，蜿蜒东行而注于洞庭。这溆浦就是屈原当年涉江而上“迷不知吾所如”而彷徨叹息的地方，王行水就诞生在这里。这个行走在水边的人，亦即“涉江”之人，如他的先人那样，一边走，一边吟咏心灵深处的愁苦和期待。波光荡漾，云影摇移，兰竹竞秀，心仪香草美人，这原是造就诗人的地方。

这个涉江吟诗之人，生在一个世事日趋清明的时代，做起了管辖一方的政吏。他把对诗歌和文学的美好情感，引入了他所从事的琐碎工作中。日夜忙于公务的他，总也没忘了诗情的获取与表达。从麻阳到新晃，他从苗寨走到了侗乡。这一带的特殊风物，椎髻乌裙，鬟佩摇闪，吊脚楼、风雨桥、花阶路，还有那位诞生于凤凰的文学大师笔下的花一般的长河，统被摄进了他的诗中。他诗意地行走在青山碧水之间，一路吟哦，把诗的花瓣撒满了这奇幻、诡异而神秘的红土地。

王行水已出了《泛舟长河》和《梦幻夜郎》两本诗集。自从做起了新晃侗族自治县的县委书记，他更加迷上了夜郎古国的遥远的梦，他为自己现在工作的地方感到自豪。史载，新晃曾在唐宋两代先后置夜郎县，历时287年。《晃州厅志》序称："晃州，古夜郎国也。"王行水就任之后，几乎倾全力推动古夜郎文化的开掘与整理，业绩卓著。在诗集《梦幻夜郎》中，他几乎写遍了夜郎文化的林林总总，从夜郎谷到十里钓廊，从竹王岩到龙溪古镇，从傩戏到侗家的合拢宴……他是在有意识地做一种诗歌和文化的积累。新晃的人民也为自己有这样的诗人而自豪。我在那里关于夜郎历史的展示中和大幅宣传油画上，看到了当地人大量地引用他的诗句作解说词。

王行水的诗作得很精致，在别人容易作得很随便的常见题目中，他也认真地作出了新意。例如他写"喂养了我的童年"的《玉米》：先是说后羿激怒于嫦娥偷吃灵药的背叛，引弓而发，"射落了星辰"，又说这一片苞谷地原是观音撒下的网，"射落的星辰都被网起"，且被打蜡加工，这才成了真正的"神丹"。他能在平常的题目里作出不平常。作诗如此，相信他为人处事更是如此。有了这份顶真的心志，世界上还有什么能难得住他！

王行水虽然做着地方一级的官员，但他其实是一个很平民化的人。他在《梦幻夜郎》中，除了尽力表现古夜郎在今日的精神文明承传之外，还以大量笔墨表现了在那一片土地上辛苦劳作的百工形象。从篾匠、铁匠、石匠、木匠到剃头匠、修脚匠、弹花匠、补锅匠……他很看重这些平凡的劳动者，也尊重他们的特长和技艺。这些诗充满了对这些劳工的神圣礼赞，而且充满同情地表现出底层生活的疾苦。有些工匠的品种，正随着我们生活的现代化进程，成为已经消失或正在消失的风景。在这里王行水的吟哦，更像是对往昔岁月的一曲挽歌。作为诗人，他更是性情中人。他的情诗写得不错，一首《你的生日》，那种新鲜的气息迎面扑来，读了直让人感动：上天选了一个最炎热的日子造就了你，初次与你邂逅，心就被你灼伤；刚把这个日子写进诗歌，我的日记就着火了；刚把这个日子藏进春天，生活就马上进入夏季。这首诗让人耳目一新，完全不是因为他是一个地方官员，我们才称赞他的诗。弘征先生读了他的诗后，盛赞他的《水车》：周而复始，绕了三百六十度的弯，终于把水拉直了；还有他的《草鞋架》：草垛上的理想只是为了登高，走下草垛的稻草还想走远，回到收割后的田垄。这些诗句，都是一种源于生活的奇想。王行水的确有这样的诗歌才能，他能在别人都看到的地方，看到别人看不到的东西，这就是心的灵妙。

王行水的诗，清新自然而不造作。他的目光始终对着土地上正在发生的一切，他同时也把目光向着深幽的夜郎峡谷冥冥之中启示着的一切。他的诗是注重现实的，同时也是注重幻想的。他写诗是心灵的需要，他用诗来丰富自己的精神，他也期望着通过诗来提升读者的境界。他是在不断求索之中，不同于他的先辈的是，这个涉江吟诗之人已经告别了那种“吾不能变心而从俗兮，固将愁苦而终穷”的悲观无望，而是充满期待地生活着、创造着和吟咏着。

2003年8月11日于北京大学中文系

# 取“诗人之思”弃“哲人之思”

◎ 蓝棣之

去年初冬我应邀去位于湘黔边区的湖南新晃参加国际画眉鸟文化节。新晃是一个神秘而又令我神往的地方，唐宋两代曾经以夜郎命名，费孝通先生在那里的题词为“楚尾黔首夜郎根”。文化节的活动不仅项目多，而且新奇。现在回想起来，我在那里度过的两天时间，仿佛是一场遥远的梦。文化节期间，新晃县委书记王行水赠我两本他近年来创作的诗集《泛舟长河》与《梦幻夜郎》。冬已去春又来，一直到近日，才有可能将这两本诗集仔细拜读一过。读完之后，我承认我喜欢这些诗歌，这些诗有吸引你读的力量，同时，作者的文字功底深厚，艺术上简洁、平衡、完整，是两本难得的优秀诗集。

王行水1963年5月出生于湖南溆浦县一个普通的农民家庭。溆浦是个令人遐想的地方，两千多年以前，屈原在涉沅江而上途中，“入溆浦余儃佪兮，迷不知吾所如”（屈原《涉江》）。溆浦乃溆水之滨，溆水源出本地的顿家山，流向西北，入于沅水。屈原当年进入溆浦，因路径曲折，迷失道路，不知该往何处去。屈原在那个时候所看见的溆浦，据他描绘，是深林杳冥，高山蔽日，纷雪无垠，阴云密布。王行水土生土长在这里，这里是他的故乡，不是流放之地。我们从他的诗里找不到有关屈原来此徘徊歧路的任何片言只语，显然，他不认为他的生活、创作与那位忧伤愤激的放逐诗人有任何联系或传承。王行水关于溆水之滨这块土地的描写，给我留下的总印象是童年时代的艰难时世，遥远的屈原对于他是过于奢侈了。当然，这不等于说他以后也永远不会去寻找自己与屈原之间的文化之“根”。

不管怎么说，我们现在看到的王行水，是个对于诗一往情深的人。也无论动因是什么，他在这里读中学时就喜欢上诗歌，20世纪80年代初开始业余诗歌创作。他在故乡做过农村中学教师、图书馆管理员，后转到宣传部以及政策研究室工作。

1996年调湖南麻阳苗族自治县任县委副书记、书记，2002年调湖南新晃侗族自治县任县委书记。在麻阳县工作七年，工作之余就地取材创作了诗集《泛舟长河》（湖南文艺出版社，2002年出版）。2002年调新晃之后，“唱了苗歌唱侗歌”，于2003年出版了诗集《梦幻夜郎》。前者是踏遍了麻阳山山水水之作，后者可谓是即兴之作。前者是“泛舟”所见，后者则如体验“梦幻”。前者的灵感来源于熟悉，后者的灵感则来自初来时的勃勃兴致。前者的“触发点”是沈从文的中篇小说《长河》，后者的“触发点”是古夜郎的历史、文化、传说、遗迹、风俗，等等。

为了更好地阅读王行水的诗，有必要向读者澄清一些他本人的诗歌理念。他在诗集《长河》的“后记”里说，他“重提诗笔”，是想“促销麻阳”。在诗集《夜郎》的“自序”里他又说，写诗是为“推介”“宣传”夜郎，并号召本土诗人都要有“宣传意识”。请读者千万不要误以为他在说诗歌只是一个宣传“工具”，一种“传销方式”，它在商品社会里从属于“国际名牌”。王行水长期在党的宣传部门新闻岗位工作，他所说的“宣传”，猜想起来，应该是列宁在《怎么办》那样的经典著作里所界定的“宣传”一词的含义。列宁解释说，“鼓动”是一次向很多听众灌输一个思想，而宣传是一次向少许听众灌输：多思想。列宁把“宣传”看成党的理论工作和组织工作的生命。然而，就文学艺术来说，列宁也深知这是非常个人化的行为，不容许整齐划一。鲁迅说，一切文艺都是宣传，但并非所有宣传都是文艺。所以，有理由认为，王行水所说的“宣传”或“促销”，是要把“宣传”转化为诗，而不是把诗转化为宣传。他诗歌创作的优势正在这里。他之所以能够这样做，一方面是因为他总是“诗意地”对待工作和生活；另一方面，还因为他“灵魂深处那份诗情”。如果读者把他的诗看成高级形式的商品广告，那就糟了。阅读王行水的诗，不能把诗当成广告来读，而要把宣传读成诗，在“宣传”里读出诗的深长意味来。比如《牛市》，就不只是写牛市的民俗，以吸引游人去观光。你看他写“每头牛”如何“壮烈呼应着WTO”：“牛市上的牛/站在贩牛者目光的天平上/潇洒地等待着”，“也许有些迷茫/却也毅然决然”。这哪里是在写牛？这是一位县委书记借写牛市，抒写自己面对WTO国际市场的“壮烈”怀抱。诗里的牛的“神态”自然全是他的观察，然而却在不经意之中，使这首“宣传”的诗转化成了“言志”的诗。你能说这里所写的“等待”被贩卖得“潇洒”，有些迷茫，却也毅然，能说这些句子不是神来之笔吗？反过来说，他直接写自己“参加WTO培养班学习感想”的诗，反而没有这样的真实、深入和传神。或许可以说，王行水的诗，表层是宣传，而诗在深处。有血、有肉和有诗性的“宣传”，在这样的诗的下面，就可以埋藏着真诗，请读者自己去多多发掘吧。

王行水说他的诗集《夜郎》，较之他早期的诗作，感性的东西少了，理性的思考多了，基本上摒弃了浮华，保持了本土的原形，尽可能在内蕴上开掘。这些话所陈述的，既是他的追求，也是他的特色，讲得客观又公允。但是，也请读者对于这里所说的“理性的思考”千万不要误解，理性并非在诗中说理，思考并非逻辑推导。诗歌的深度是体验的深度，而诗人所体验到的东西，正如艾略特所说，在讲实际、爱活动的人看来根本就不是什么体验；同样，诗人思考的深度，这在哲学家、美学家看来根本就没有什么深度，正如哈佛大学教授、著名美学家桑塔亚那在艾略特的大学试卷上的批语：你的思想在深处，但没有深度。面对老师的批评，多年以后艾略特辩解说：“莎士比亚也好，但丁也好，都没有真正进行过什么思考。”艾略特认为，诗歌创作，既非出于自觉，亦非出于思考；诗人只是被动地伺候所历体验的凝聚和变化。然而，艾略特又补充说：“自然，写诗不完全是这么一回事，有许多地方是要自觉的，要思考的。”在同时考虑到这两方面之后，艾略特来了一个“合论”：实际上，下乘的诗人往往在应当自觉的地方不觉，在不应当自觉的地方反而自觉。艾略特嘲讽说：“这两重错误倾向使他成为‘个人’的。这样的‘个人化’诗人当然是糟透了。”如果拿艾略特这样的论述来评论王行水的诗，我们立刻可以看出，他的那些属于“上乘”的诗，既非出于自觉，亦非出于思考，比如上文所举《牛市》一诗，如果作者经过思考自觉到这些牛乃是自己的写照，那就糟了。王行水所说的“摒弃”“保持”“开掘”，不能说都是主体的自觉行为，都是自觉的，甚至可以说基本上都是被动、等待的结果。王行水所说感性少了，理性多了，是说写诗不能只停留在感性、感情的层面，感情要追逐思想，然而，诗里要表现的只是“感觉到的思想”；诗人要追求诗中感情的明晰和智慧之美，然而，这种明晰和智慧又只能是“诗人之思”，它与哲人之思是完全不同的。在这方面，王行水诗里有一个好例，那就是他对于“饥饿”的抒写。由于出生于经济困难的年代，成长在生活贫困的地区，他好些诗里都写到对于饥饿的记忆、感受与想象，“饥饿”几乎成了他诗歌的一个母题式情结。比如他写对于饥饿的想象：“饥饿／把你的牙齿／打磨成钢牙铁齿”（《傩戏》），写对于饥饿的记忆和感受：“饥饿的日子太长太长”（《黑油茶》），“当步入新生活的我端起一碗黑油茶／看到的竟是隐隐归来的饥饿／饥肠辘辘的岁月不堪回首／曾让石头也饿出了年轮的日子／给予我永久的疼”“发育和发情永远是一双矛盾／饥饿的年代生存压倒一切”（《阉猪匠》）。所有这些都还是一些感受，一些抒发，王行水感到这样还不够，他的感受、感情要追逐思想，按他的话说是摒除浮华，开掘意蕴，少些感性，多些思考，这样子的追求，使他写出了这样的“能够感觉到的思想”：“叫人们看饥饿是怎样地／让人／退化成兽”（《观傩技表演：咬硬物》）。这里表述的是“思想”，但同时又是形象思维，这就是诗人之思。

王行水还说，二十年前他在写诗方面下过相当功夫，后来工作后就搁下来了。“现在，重新回到诗歌，诗歌早已不再是原来的诗歌，诗坛也不再是原来的诗坛了，竟有了恍若隔世之感。”“值得庆幸的是，灵魂深处的那份诗情还在。”他用了“恍若隔世”几个字来形容中国诗坛从20世纪80年代到世纪末的变化，真使人佩服他的卓越见识，我想很多“局中人”也未必能有这样的认识，这说明王行水当初在诗歌方面下过很深的功夫。然而，他说，不管诗坛的变化有多大，只要灵魂深处那份“诗情”还在，他的创作就有可能与新的诗潮、新的诗坛息息相通。这些话讲得再好不过，也正是这样的认识和这样的态度，成就了王行水今天的创作高度。20世纪80年代的诗坛，比如类似民刊《今天》和北岛那样的诗，虽然朦胧，但诗歌文本是完整的，有同一性；而诗歌创作在后来的发展，逐步质疑文本有中心声音，张扬它的拼贴性质，重点从写文本转到写句子。在语言方面，朦胧诗尽管朦胧，甚至晦涩，但它的语言仍然是理性的、文化性的。可是后来的发展转了方向，认为语言产生于无意识、“前文化”领域，而且“诗到语言为止”，认为它并不能“启示”什么，对于诗人来说，最重要的是口语、语感，或者是虚构、想象、叙事性、修辞性、反讽性等等。

诗坛，或者说先锋诗歌的创作，虽然恍如隔世，但王行水的诗创作，是与它相通的。这种相通，随处可见，我就不必细说了。王行水不必一定要写那种“恍如隔世”的诗，但是，只要他了解这种“恍如隔世”的性质，他的诗创作的成就及其前程就是不可小觑的。

2004年3月11日写成于清华大学东楼寓所